AF191291

Das kann dir auch passieren

Kurz(e)geschichten aus dem alltäglichen Leben

Monja Gräff

Das kann dir auch passieren

*Kurz(e)geschichten aus dem alltägli-
chen Leben*

Bibliografische Information der Deutschen Nationalbibliothek: Die Deutsche Nationalbibliothek verzeichnet diese Publikation in der Deutschen Nationalbibliografie; detaillierte bibliografische Daten sind im Internet über http://dnb.dnb.de abrufbar.

Die automatisierte Analyse des Werkes, um daraus Informationen insbesondere über Muster, Trends und Korrelationen gemäß §44b UrhG („Text und Data Mining") zu gewinnen, ist untersagt.

Verlag: BoD · Books on Demand GmbH, In de Tarpen 42,
22848 Norderstedt, bod@bod.de
Druck: Libri Plureos GmbH, Friedensallee 273, 22763 Hamburg
ISBN: 978-3-7693-2454-9

Monja Gräff

Monja Gräff ist eine Autorin, die ihre Wurzeln in Coesfeld, eine Stadt in Nordrhein-Westfalen, hat. Nach einer wichtigen Zwischenstation in Mexiko, lebt sie nun seit 3 Jahren in Südspanien, wo sie inmitten der mediterranen Landschaft neue Inspiration für ihre Werke findet.

Die große Leidenschaft von Monja Gräff gilt schon seit ihrer Jugend dem Schreiben und der Fotografie. Diese beiden kreativen Ausdrucksformen begleiten sie durch ihr Leben und fließen oft in ihre Arbeiten ein. In ihren Texten fängt sie Momente und Eindrücke ein, die sie sowohl in ihren Erlebnissen als auch in der Beobachtung der Welt um sich herum entdeckt.

Ihr erstes Buch mit dem Titel: „Das kann dir auch passieren" ist eine Sammlung von Kurzgeschichten und kurzen Erzählungen, in denen sie das Alltägliche in seiner Vielschichtigkeit darstellt.

Die Geschichten sind geprägt von einer feinen Beobachtungsgabe und einem tiefen Verständnis für menschliche Beziehungen und emotionale Nuancen. In ihren Erzählungen schafft sie es kleine Szenen und prägnante Momente einzufangen, die den Leser dazu anregen, über das eigene Leben nachzudenken und alltägliche Begebenheiten aus einer anderen Perspektive zu betrachten.

Widmung

Dieses Buch widme ich allen meinen Freunden und Unterstützern, die mich auf meinem Weg begleitet haben, die an mich geglaubt haben und/oder auch ein Teil meiner Geschichten sind. Ohne euch hätte ich viele dieser Geschichten nicht erleben können, geschweige denn aufschreiben können. Und somit wäre wahrscheinlich auch nie ein Buch entstanden. Danke, dass ihr an meiner Seite seid, in guten und in weniger guten Zeiten. Diese Geschichten sind nicht nur meine, sondern auch ein Teil von euch.

Eure Monja

Inhaltsverzeichnis

Vorwort

„Das kann dir auch passieren." - Dieser Titel beschreibt nicht nur die Essenz der Geschichten in diesem Buch, sondern auch den Weg, den ich selbst in meinem Leben gegangen bin. In den Erzählungen, die hier versammelt sind, spiegelt sich mein persönlicher Blick auf die Welt wider, geprägt von vielen Orten, Menschen und Erlebnissen. Überall fand ich Geschichten, die darauf warten, erzählt zu werden.

Das Schreiben war für mich immer mehr als nur eine Leidenschaft, es war ein Weg, die Welt zu verstehen, meine Gedanken zu ordnen und Momente einzufangen, die andernfalls unbemerkt geblieben wären. Oft sind es die kleinen, unscheinbaren Begebenheiten, die in ihrer Tiefe und Vielschichtigkeit das Leben ausmachen. Diese Augenblicke, manchmal still, manchmal überraschend, habe ich in diesen Kurz(e)geschichten versucht, in Worte zu fassen.

Jede von ihnen hier trägt ein Stück von mir, aber auch ein Stück von der Welt, die mich geprägt hat, in der ich gelebt habe oder lebe.

Ich lade euch ein, in diese Geschichten einzutauchen, euch von den Momenten berühren zu lassen und vielleicht das ein oder andere über das Leben und sich selbst zu entdecken.

Carmelita

Die Optikerin setzt ihr die Messbrille auf. Carmelita, so nennt man sie hier im aus Spenden finanzierten Altersheim. Sie ist ungefähr 80 Jahre alt. In Mexiko wurde das in der Vergangenheit nicht exakt dokumentiert. Ihre Vergangenheit bestand aus harter, körperlicher Arbeit, wie sie der Optikerin erzählt.

„Wir waren eine glückliche Familie. Hatten nicht sehr viel Geld, aber um gut zu leben, reichte es auf jeden Fall. Wir hatten ein kleines Haus auf dem Land in den Bergen. Ich habe Gemüse angebaut. Mein Mann ging arbeiten und ich habe mich um die beiden Kinder gekümmert. Die beiden, ein Junge und ein Mädchen, waren noch ziemlich klein, da starb mein Mann bei einem Unfall auf einer Baustelle, auf der er arbeitete." Sie wandte ihren Blick traurig nach unten auf den Boden.

„Ich war dann allein mit den Kindern. Musste Geld verdienen, damit sie etwas zu essen hatten, habe bei den Reichen geputzt, habe in einer Wäscherei gearbeitet. Meine Kinder sollten auch weiterhin zur Schule gehen. Sollten viel lernen, damit sie später eine gute Arbeit haben, Geld verdienen und eine Familie haben können. Ich habe manchmal verzichtet, damit meine Kinder genug zu essen hatten. Die Schuluniform war oft von den Cousins. Neu war sie einfach zu teuer. Ich habe alles versucht, damit meine Kinder ein besseres Leben haben. Meine Tochter hat den Tod ihres Vaters nicht verkraftet. Sie liebte ihn so sehr. Sie ist abgerutscht in Drogen und Alkohol. Mein Sohn lebt in den USA, arbeitet dort, illegal und kann nicht nach Hause kommen. Ich hätte ihn so gerne hier." Ihr läuft eine Träne die Wange hinunter. „Ich kann nicht mehr allein leben, deswegen hat man mich hierher gebracht, meine Nachbarn. Hier habe ich ein Bett und immer etwas zu essen, das ist gut und ich bin sehr dankbar." Eine traurige Lebensgeschichte. Nun saß sie hier bei der Optikerin im Altersheim. Das war die Initiative einer Gruppe, die es sich zur Aufgabe gemacht hatte, ein wenig zu helfen. Die Optikerin hatte sich bereit erklärt die Bewohner zu testen, was sie nun auch bei Carmelita machte. Sie wechselte die Linsen. Welche Stärke bräuchte Carmelita? Schnell wurde klar, dass sie ohne Brille eigentlich nur noch Umrisse sehen konnte. Sie beklagte sich nie, nahm es einfach so hin. Carmelita brach auf einmal in Tränen aus, überraschend für alle Umstehenden. Von allen Seiten kamen Fragen, was denn passiert sei. Alle machten sich Sorgen um sie, nur die Optikerin lächelte und sagte:

„Ich glaube wir haben die richtige Stärke gefunden, stimmt's Carmelita?" Carmelita konnte nicht reden, aber sie nickte zustimmend. Die Tränen liefen und liefen. Da geklärt war, dass sie vor Freude weinte, konnte man auf den anderen Gesichtern auch die ein oder andere Träne sehen. Ein so emotionaler Moment. Die Optikerin vergewisserte sich nochmals:

„Schau bitte nochmal auf die Tafel. Siehst du sie zweitletzte Zeile?" Carmelita nickte wieder. „Gut, dann notiere ich mir das. Dann bekommst du deine Brille genauso."

Carmelita sagte kurz bevor die Optikerin ging: „Danke, das ist ein großes Geschenk. Früher war ich gerne in der Bibliothek. Ich liebe es zu lesen. Mein Sohn hat mir das beigebracht. Die Bücher sind so voller Leben. In ihnen kann ich dem anderen Leben, der anderen Welt ganz nah sein. Ich kann träumen. Vielleicht kann ich auch wieder ein Buch lesen, wenn ich die Brille habe."

Es vergingen 2 Wochen. Für Carmelita war es sicherlich eine kleine Ewigkeit, denn sie fragte regelmäßig nach, wann denn die Brille kommen würde.

Die ganze Gruppe kam mit einer Kiste in das Altersheim, eine Kiste voller Brillen für alle Bewohner. Sie wurden verteilt. Als Carmelita ihre Brille bekam, liefen erneut die Tränen der Freude. Sie setzte sie gleich auf die Nase. Sie konnte sehen. Jemand tippte ihr auf die Schulter mit den Worten:

„Carmelita, ich wusste nicht genau, was du gerne liest, aber für den Anfang habe ich dir schon mal ein Buch mitgebracht. Jetzt kannst du wieder lesen." Sie schaute in ein lächelndes Gesicht. Es war das der Optikerin.

Abschweifen

In Gedanken, ohne zu wissen, was ich wirklich dachte, schaute ich aus dem Fenster in den grünen Hinterhof. Frühling, Mai, alles war nach diesem kalten grauen Winter endlich wieder grün. Die große Linde fast direkt vor meinem Fenster gab viel Schatten, gerade im Sommer auf meinem Südbalkon. Groß, grün, alt. Das war einer der Gründe, warum mir die Wohnung zu sehr zusagte. Der Balkon zum Hinterhof mit dem stattlichen Baum. Diese Szene würde ich gerne aufs Papier bringen. Leider konnte ich das nicht, denn dazu hatte ich 2 linke Hände. Dieser Baum, der in jeder Jahreszeit anders aussah. Der Blick aus meinem Fenster zu jeder Tages- oder Jahreszeit unterschiedlich war, nie gleich, vielleicht ähnlich...

Im Winter war er kahl ohne ein Blatt. Draußen normalerweise grau, nicht viel Licht, spät hell, früh dunkel. Im Frühjahr, wenn die Knospen aufbrechen und sich die Blätter in die Freiheit kämpfen, Blatt für Blatt ergrünt dieser stattliche Baum. Erwacht zu neuem Leben. Fast tot geglaubt fängt er an, sich in ein frisches, hellgrünes Gewand zu hüllen. Im Mai hat er für mich persönlich die schönste Farbe, ein frisches, leuchtendes Grün. Über den Sommer ist er dann der beste Schattenspender, sozusagen mein Sonnenschirm. Unter ihm scheint es kühler zu bleiben als an einem anderen Ort im Schatten oder gerade auch unter einem Sonnenschirm. Die Nachbarkatze zieht sich ebenfalls gerne in die üppige Baumkrone zurück. Von dort oben hat sie einfach alles im Blick. Zum Herbst hin, wenn die Blätter nach und nach anfangen, sich bunt zu färben und zu Boden zu segeln, dann weiß man, jetzt ist die schöne Zeit vorbei. Es wird dunkler, grauer, die Tage viel kürzer und schon lebt man mitten im November. Meiner Meinung nach der schrecklichste Monat überhaupt. Für die Linde ist Rückzug angesagt, um alle Kräfte für das nächste Frühjahr, den nächsten Neuanfang, zu bündeln.

Egal zu welcher Jahreszeit ich aus meinem Fenster mit diesem typischen alten Fensterkreuz schaue, hat es etwas Beruhigendes. Etwas Schützendes. Meine Nachbarn lieben diesen Baum ebenfalls. Natürlich im Sommer als Schattenspender, wenn sie unter der Linde ihre Stühle sowie Tische aufbauen, sich dort zusammenfinden und es auch garantiert den im gesamten Haus bekannten Käsekuchen von Oma Hilde, sowie Kaffee und Saft gibt. Oder später der Grill angeworfen wird. Das ist die soziale Seite der Linde, sie verbindet Menschen miteinander. Sie verhilft zu einer Kommunikation unter den Hausbewohnern. Meine kleine Wohnung, die ich vor etlichen Jahren durch eine Gaube erweitert habe, ist nur für eine einzelne Person gedacht. Eineinhalb Zimmer. Gerade dieser extra Platz direkt am Fenster vor der Linde ist der schönste Teil meiner Wohnung. Unzählige Stunden sitze ich dort, genieße die Ruhe, gerade nach einem anstrengenden Arbeitstag, wie ich ihn heute wieder hatte. Kunde um Kunde mit vielen Fragen, die Antworten brauchten. Kaum eine Pause zwischen den verschiedenen Gesprächen. Meinen zu Hause zubereiteten Salat habe ich zwischendurch zu mir genommen, ansonsten den gesamten Tag durchgearbeitet.

Entweder sitze ich in dieser Gaube auf dem Sitzkissen mit der Rückenlehne an der Wand und schaue einfach nur aus dem Fenster oder ich lese ein Buch, das kommt darauf an, wonach mir gerade ist. Heute habe ich leise, ruhige Musik laufen, schaue hinaus und träume mich in andere Welten.

Wie gerne würde ich aus dieser Welt, aus dieser Realität entfliehen. Wohin? Vielleicht ans Meer mit einem Traumstrand, weißer Sand, türkisblaues Wasser, strahlend blauer Himmel, Karibik-Feeling. Ich schließe die Augen. Vor meinem inneren Auge sehe ich mein Wunschziel. Ich möchte dortbleiben, einfach dort verweilen. Ich sehe diese Postkartenidylle, die Palme an diesem wundervollen Strand. Zudem bin ich fast allein, nur in der Ferne sehe ich einige Menschen, die gerade ins Wasser gehen. Um mich herum ist niemand. Sogar das Salz, das in der Luft liegt, kann man riechen. Das Meeresrauschen leicht, das Meer seicht, ruhig. Es zeigt seine sanfte Seite. Die Sonne auf der Haut zu spüren. Das ist so wohltuend. Sonne und Meer zusammen geben mir Kraft und beruhigen meinen Geist zugleich, Frieden, lässt mich meine Gedanken loslassen, sie fließen lassen, sie abschalten.

Ein Klingeln? Ein Klingeln! Es wird wahrscheinlich einer dieser Strandverkäufer gewesen sein, die Brillen, Schmuck, Handtücher, Laken oder auch Massagen anbieten. Es klingelt erneut zusammen mit einem Klopfen gegen etwas. Gegen meine Wohnungstür! Von wegen das war der Strandverkäufer. Unsanft holt mich das Klingeln und Klopfen aus meinem so schönen Tagtraum.

Das blaue Bild

Sie steht stumm neben mir. Wer? Eine Person. Ich kenne sie nicht. Eine fremde Frau. Sie schaut sich das Bild an der Wand an, was einen roten Punkt auf einer blauen Leinwand zeigt. Sie neigt ihren Kopf zuerst zur linken Seite, den Blick weiterhin auf das Bild gerichtet. So steht sie da. Ohne ihre Augen auch nur ein wenig von diesem "Kunstwerk" an der Wand zu lösen, neigt sie ihren Kopf nun nach rechts. Sie sagt nichts, kein Kommentar. Ich merke, dass ich auf irgendetwas warte, eine kleine Reaktion nur. Aber nichts. Sie steht einfach nur da, schaut sich das Bild an. Es ist blau. Verschiedene Blautöne. An der rechten Seite mittig ein roter Punkt. Nicht kreisrund, eher wie eine Ellipse, wie ein nicht vollständiger Vollmond, aber rot. So rot wie man sich das Herz vorstellt. Aber ein Punkt. Handgroß, nicht mehr. Die Leinwand misst mindestens 2 Meter Länge. Aber nur der rote Punkt, ein Oval, ein Fleck. Sie steht immer noch da, ohne ein Wort zu sagen. Starrt auf das Bild. Denkt sie etwas? Wenn ja, was denkt sie? Interpretiert sie es? Je mehr und länger sie schweigt, desto interessanter werden ihre Gedanken für mich. Desto mehr fasziniert mich auch dieses Bild. Eine Ausstellung moderner Kunst, viele Objekte. Gemalt, gestaltet, Installationen, abstrakt. Aber sie steht nur vor dem Bild. Ich habe sie hereinkommen sehen. Sie ging direkt hierher, seitdem steht sie hier, neigt

20

nur ab und zu ihren Kopf von der einen zur anderen Seite, mehr nicht.

Ich halte es nicht mehr aus. Ich hatte ebenfalls, ohne mich zu bewegen, neben ihr gestanden, hatte sie aber beobachtet. Ab und an nur eine kleine Lidbewegung. Mehr nicht. Ich nahm allen Mut zusammen. Ich sprach sie an:

„Entschuldigung, was sehen Sie in diesem Bild? Sie scheinen etwas darin zu sehen. Würden Sie mir das mitteilen?" Keine Reaktion. Sie steht weiterhin wie eingefroren davor, neben mir.

Ich wiederhole: „Entschuldigung, was sehen Sie in diesem Bild?", doch auch jetzt regt sie sich nicht.

Dieses Eingefroren sein, sich nicht zu regen, nicht zu reagieren macht mich neugieriger. Da sie mir nicht antwortet, fange ich an zu interpretieren: „Ein blaues Bild, vielleicht ein Meer, ein See, ein Gewässer? Wasser in Kombination mit dem richtigen Licht ist blau, oder? Der rote Punkt ein Tier? Ein Oktopus, den man von oben sieht? Vielleicht auch Müll. In der heutigen Zeit wäre das möglich. Oder ein blauer Sommerhimmel. Der rote Fleck? Was mag das sein? Ist es ein Fleck oder ein Punkt? Das Rot so rot, als wäre es Blut. Die Relationen, was sollen sie bedeuten? Und alles ist so blau, ja verschiedene Blautöne, wie im Himmel, wie im Meer?" Ich ließ meine Gedanken fließen. Einige Minuten lang. Ich drehte mich mit meinen Worten im Kreis. Mithilfe der vielen Fragen hatte ich gehofft ihr irgendeine Regung zu entlocken. Von ihr immer noch keinerlei Reaktion, nicht einen Hauch einer Bewegung. Nichts, nicht mit der direkten, noch indirekten Ansprache. Es half auch nicht sie zu provozieren. Sie schaut nur auf das an der Wand hängende große Bild. Es scheint, als wolle sie sich von nichts und niemandem ablenken lassen.

Als ich gerade aufgeben wollte, weggehen wollte, bewegt sie sich. Ich bin erstaunt und überrascht. Sie schaut mir nur für einen Bruchteil einer Sekunde direkt in meine Augen. Sie dreht sich um und geht in Richtung Ausgang.

Dort wartet ein Mann auf sie: „Und Madeleine hängt dein Bild richtig?"

Das wöchentliche Treffen

Sie sitzt ihm gegenüber. Draußen auf der grünen Terrasse ihres Lieblingscafés. Ein kleines Café mit dem Charme des Wohnzimmers ihrer Großmutter. Es hat etwas Gemütliches. Einfache Holzklappgartenstühle mit kleinen Tischen eingefasst von einer Vielzahl immergrüner Pflanzen. Ein Lieblingsort. Die Terrasse ein Ort zum Entspannen, tief durchzuatmen, diesen besondere Lokalität einfach nur zu genießen. Sie kennt ihn seit Jahren, er sie auch, glaubt er. Jeden Donnerstagnachmittag zur Kaffeezeit treffen sie sich hier, immer der gleiche Tisch, immer einen Cappuccino für sie, für ihn einen normalen Kaffee, wie er ihn nennt. Seit Jahren der gleiche routinemäßige Ablauf. Alles scheint wie immer zu sein. Er begrüßt sie mit einer eher flüchtigen Umarmung, aber wenigstens eine Umarmung, obwohl dieses auch den Eindruck einer Routine macht. Mit einem: „Hallo, wie geht es dir?", nicht auf eine wahrhaftige Antwort wartend, hält sie es auch nicht mehr für nötig ihm eine zu geben.

Der Alltag ist da, das Normale, jede Woche. Vielleicht sieht er noch, wenn sie beim Friseur war, vielleicht nicht. Jede Woche, jeden Donnerstag, aber von Mal zu Mal sieht er sie weniger. Der Tisch, der Cappuccino, der normale Kaffee, alles so vertraut. So wie immer. So normal.

Sie setzen sich, er fängt an zu erzählen von seinem stressigen Tag. Die viele Arbeit, die vielen Stunden, die er damit verbringt, es allen Kunden recht zu machen. Er erzählt von den vielen Zeit im Auto, die er gerne anders verbringen würde. Wieder mal seine Ex-Frau, die ihn stresst, die noch mehr Unterhalt fordert, da sie glaubt, er würde so viel verdienen. Von dem Stolz, den er für seine Kinder empfindet und was diese in der letzten Woche alles gemacht hatten. Dass sie wieder gewachsen waren, dass sein Sohn das letzte Fußballspiel mit der Mannschaft gewann. Oder die Tochter, die in der Schule eine gute Note nach der anderen schrieb, die immer erwachsener würde.

Vor fünf Jahren trafen sie sich hier zufällig. Sie hatte einen Tag frei, er eine Pause. Sie kamen ins Gespräch, über den Smalltalk hinaus fingen sie schnell an, sich vertrauter zu werden, eine Freundschaft entwickelte sich. Ein wunderschönes wöchentliches Treffen, ohne jegliche Hintergedanken. Schnell waren die gegenseitigen Grenzen abgesteckt. Entspannend, aus dem täglichen Chaos fliehend. Doch irgendetwas war passiert, schon vor einer Weile. Sie kannte ihn doch, oder? Er kannte sie doch auch, oder? Sie waren sich doch vertraut, oder? Stunde um Stunde hatten sie in der Vergangenheit geredet, über Gott und die Welt, wie man so sagt.

Doch etwas war anders. Sie wusste nicht, was? Fragte aber auch nicht nach, sondern nahm es so hin. Es ließ sich ja ohnehin nichts daran ändern, meinte sie. Sie trafen sich, doch die Nähe war nicht mehr da, es war kühl und alltäglich, „alldonnerstäglich", geworden. Immer 2 Stunden nahmen sie sich Zeit für ihren Plausch, der keiner mehr war. Um Punkt 17 Uhr stand er auf, wie er immer um 17 Uhr ging.

Sie sagte: „Warte, hier für dich."

„Was ist das?", fragte er.

„ Die Einladung zu meiner Beerdigung."

Ohne wirklich zu hören, was sie sagte, kam nur ein „Danke". Er drehte sich um und verschwand.

Am nächsten Tag fand er ihre Todesanzeige in der Zeitung.

Familiennachwuchs

Samstagabend. Es wurde Zeit nach Hause zurück-
zukehren, am Ende dieses wundervollen Strandtages.
Den ganzen Tag auf den Beinen, viel gelaufen und
nun müde, kam ich nach ungefähr einer halben Stunde hier an. Mein Ziel war mein Bett, nicht mehr und
nicht weniger. Es war nicht leicht, meine Augen offen-
zuhalten.

Panisch anmutende katzengrüne Augen schauten
mich an. Erschrocken. Vielleicht hatte sie das nicht
erwartet. Sie hatte es sich auf dem Stuhl gemütlich
gemacht, wahrscheinlich um dort die Nacht zu verbringen, oder zumindest eine Zeit lang. Es war keine
Absicht. Ich wollte nichts und niemanden erschrecken.
Auf dem Sprung zwischen einem „Gehe ich jetzt? Oder
bleibe ich, abwartend, was passieren wird?" Doch ihre
Augen sprachen eine eindeutige Sprache. Sie konnte
nicht warten. Sie sprang hoch und lief erschrocken
weg, drehte sich kurz nochmals um und verschwand
in der tiefdunklen Nacht, irgendwo im Gewirr der
Straßen. Wahrscheinlich an einen ruhigeren Ort, um
sich von dem großen Schrecken zu erholen. Ich selbst
war viel zu erschöpft, um mich großartig zu erschrecken. Es war eher eine Schrecksekunde.

Monatelang hatte ich sie nicht gesehen, dachte
schon, dass ihr etwas passiert sei. Ja, sie war mir bekannt. Fast jeden Tag holte sie sich etwas zu futtern

hier bei mir ab, meistens morgens. Wo sie die ganze Zeit gewesen war, konnte ich nur erahnen, aber von einer Sekunde auf die andere war sie wieder da. Ich hatte sie irgendwie vermisst. Mal nach ihr geschaut, ob sie nicht vielleicht doch in der Nähe herumstromerte.

Nein, definitiv nein. Ganz schwarz, ausnahmslos, ein glänzendes gepflegtes Fell, ein wunderschönes Tier. Schlank, aber nicht zu dünn. Vertraut, sich kuschelig bei mir anschmiegend, auf ein paar Streicheleinheiten wartend, nach Aufmerksamkeit suchend. Die täglichen Ruhestunden verbrachte sie ebenso hier, auf dem Stuhl, dem weichen Kissen. Nach dieser ganzen Zeit war sie auf einmal sehr ängstlich, oder ob sie sich in diesem Moment einfach nur erschrocken hatte? Vielleicht war es gar nicht sie? Eine andere, ganz ähnliche? Nun war sie weg. Ob sie nochmals wiederkam? Vielleicht am nächsten Tag?

Ich hatte sie nur erschrocken wegspringen sehen, aber sie schien mir fülliger zu sein, runder. Am nächsten Tag hielt ich immer wieder Ausschau nach ihr, konnte sie allerdings nicht entdecken. Der Gartenstuhl mit „ihrem Kissen" blieb leer. Schade. Auch die nächsten Tage sah ich sie nicht. Ich stellte Katzenfutter raus, stellte es hoch, denn es war ja nicht für die Hunde, welche mich regelmäßig besuchen kamen. Das war jeden Morgen leer. Katzen gibt es hier in der ländlichen Umgebung viele. Sicherlich war es irgendeine, die sich das Futter geholt hatte. Ja, ich vermisste sie.

Die Tage vergingen, einer nach dem anderen, aber nichts.

Montagmorgen. Ich stand auf, warf mir zügig einen Pulli über, der Pyjama blieb darunter, weil ich von draußen her ein kleines leises Fiepen hörte, welches ich mir nicht erklären konnte. Auf der Terrasse hielt ich inne, um dieses Geräusch lokalisieren zu können. Ich konnte es nicht mehr hören, es war weg. Es kam demnach nicht aus dieser Richtung. Zurück im Haus, da war es wieder, öffnete ich das Fenster meines Schlafzimmers. Jetzt war es lauter. Es musste aus der Richtung Garten unten kommen. Mit den Schlappen, in der Schlafanzughose, noch nicht 100%ig wach, lief ich den Abhang ein Stück hinunter. Ich schien dem näherzukommen. Nochmals innehalten und richtig lauschen. Mir war mittlerweile klar, dass es Tiere sein mussten, aber welche? Ein paar Meter weiter traute ich meinen Augen nicht. Ich setzte mich daneben und wartete geduldig auf sie. Sie war fülliger, runder geworden und das war der Grund. Jetzt verstand ich es. Unter der Weinrebe versteckt waren 5 Kitten.

LEER

Ich mache meinen Laptop an, meine Textverarbeitung auf. Eine Rechnung wartet noch darauf geschrieben zu werden. Der Klick auf die Option „Leeres Dokument", was man auch als „Tabula Rasa" bezeichnen könnte, spiegelt meinen momentanen Zustand sehr gut wider.

LEER, so fühle ich mich. Wie ein Vakuum in meinem Kopf. Viele, sogar sehr viele Gedanken, aber eigentlich auch keine.

LEER, ausgebrannt. Es war in den letzten Wochen wohl doch zu viel für mich und mein kleines bescheidenes Leben. Das ständige Hin und Her. Das Springen vom Positiven zu den Tiefen des Abgrunds. Die langen Tage, die von einem Hoch zum nächsten Tief wechselten, um dann vielleicht in einem Hoch zu enden. Der Versuch jeden Tag neu anzufangen, sich die Motivation zu behalten, nicht wieder abzustürzen, das, was kommt positiv zu sehen.

LEER, ohne jegliche Motivation etwas zu tun, noch nicht einmal diese Rechnung, die positiv für mich ist, zu schreiben, denn dadurch kommt Geld in die schwach gefüllte Kasse. Die sonst so geliebten Spaziergänge am Strand fallen der Hitze zum Opfer. Bei weit über 30 Grad, die Sonne, die vom Himmel brennt, die leichte Brise, die mehr an einen Föhn erinnert, tötet jegliche Motivation an dem wunderschönen blauen Meer spazieren zu gehen.

LEER, ohne Inhalt, ohne Gefühle, nein besser gesagt, mit vielen Gefühlen, die aber gegeneinanderstehen. Freude.... Trauer... Gefühle, die gelebt werden wollen, man sie aber nicht lässt, sie hinter Gittern und dicken Mauern verbergen muss, weil sie nicht gewollt sind. Trotzdem zu versuchen, sich die Motivation zu behalten, jeden Tag neu anzufangen, den letzten hinter sich zu lassen.

LEER, das Herz seiner Gefühle beraubt. Nicht nur im Kopf dieses nicht auszuhaltende Vakuum, sondern ebenso im Herzen. Herzschmerz, es war einfach zu viel. Eine Art psychosomatisches Herzrasen verfolgt mich seit Tagen. Es stolpert, scheint anzuhalten, folgt mit unerträglicher Geschwindigkeit.

LEER, keinerlei Leidenschaft für etwas, dafür voller Sorgen. Das Leben mit all seinen Facetten zu genießen, die Umgebung, gerade die Natur mit all ihren wundervollen Farben so zu sehen, wie sie ist... Alles grau, monoton. Rot ist mittelgrau, braun, eher dunkelgrau.

LEER, keinen Funken Humor in diesem normalerweise so lebendigen und lustigen Körper. Der Sarkasmus und die Ironie verflogen, als wäre es nur ein Parfum für besondere Anlässe, welches langsam verschwunden ist. Übrig bleibt der Geruch von Schweiß, den das harte Arbeiten in dieser oftmals zu oberflächlichen Gesellschaft hinterlassen hat.

LEER, abgestürzt in ein Tal der Unsicherheit. Dieser sonst so sichere Mensch versinkt gerade in einem Meer von Unsicherheit, Selbstzweifeln und den ständig wiederkehrenden Fragen, was falsch an ihm ist. Berechtigte oder unberechtigte Kritik von Menschen, die man mag, bringt und verstärkt gleichzeitig diese Zweifel, nicht gut genug zu sein.

Einfach **LEER**, der Körper nur noch eine Hülle, die irgendwie weiterlebt, weil das Herz physisch schlägt und das Blut durch die Adern treibt. Dadurch alle Organe und Funktionen am Leben erhalten werden. Doch, wo ist die Seele? Sie ist LEER, sie ist ausgezogen aus diesem Körper, der ihr nichts mehr zu bieten hat, sich ein anderes Lebewesen suchend, um es ....

LEER, so ein kleines Wort, welches aber so viel ausdrücken und Seiten von Papier füllen kann. Ein kleines Wort mit einer großen Bedeutung. Ein leeres Dokument zu füllen mit irgendwelchen Zeichen, Buchstaben, Wörtern, Texten, Zeichnungen, Malereien, oder was auch immer, ist nicht sehr schwer. Es sinnvoll zu füllen, den Platz auszunutzen, ist dagegen schon ein wenig anspruchsvoller.

Wie jedoch füllt man einen Menschen, einen Körper erneut mit einer Seele, mit Motivation, mit Energie, mit Leidenschaft, mit Sicherheit? Wie füllt man das Herz mit Wärme? Wie füllt man diese gefühlte LEERE in diesem Menschen? WIE?

Oma ist die Beste

Oma ist die Beste. Sie ist immer für mich da. Es dauerte ein bisschen, bis ich sie kennenlernen durfte, denn sie lebt im Ausland weit weg. Man kann nicht mal kurz ein Wochenende bei Oma verbringen. Nur allein der Flug, das sind schon 5 Stunden. Als ich 9 war, hieß es, wir fliegen in den Urlaub. Die erstaunte Frage, wohin? Blieb nicht lange unbeantwortet. „Zu deiner Oma.", sagte meine Mutter.

„Aber Oma wohnt doch 3 Straßen weiter." In meiner Welt gab es bis zu diesem Zeitpunkt nur meine Oma, die Mutter meines Vaters. Dass es da noch eine andere Großmutter gab, war das erste Mal, dass ich das hörte. Sie lebt auf den Kanaren schon seit vielen Jahren. Meine Mutter hat nie über sie geredet, nie hatte ich ein Foto gesehen, sie schien schlichtweg nicht zu existieren. Und jetzt auf einmal hatte ich noch eine Oma. Es war schon etwas verrückt.

Mit gemischten Gefühlen schaute ich meine Mutter an. Sie fragte: „Möchtest du etwas über deine Oma, meine Mutter, wissen?" Ich wusste es in diesem Moment nicht. Ja, irgendwie schon. Nein, denn es überfordert mich. Stattdessen klärten wir, wann wir fliegen würden.

Nächsten Monat schon. Ich war noch ein Kind. Ob ich wirklich bereit dazu war oder nicht, wusste ich nicht. Ehrlich gesagt kann ich mich auch nicht mehr daran erinnern. Sie wurde mir vorgesetzt. Der Tag des Flugs rückte näher und schon standen wir im Terminal auf Gran Canaria. Mama sagte, ihre Mutter wolle uns abholen. Zu sehen war sie auf Anhieb nicht. Auch meine Mutter war nervös nach so vielen Jahren. Die Situation dort, wartend auf jemanden, von dem man nicht weiß, wie sie ist oder aussieht, war für mich sehr komisch.

Eine ältere, bunt angezogene, schrill wirkende Frau kam auf uns zu. Das sollte Oma sein, so ganz anders als Mama? Im Kleiderschrank meiner Mutter hingen vorwiegend dunkel dezente Kleidungsstücke. Meine Oma verrückt bunt. Sie war es. Wir fuhren zu ihrem Haus. Ich fand Oma echt interessant. Ich erinnere mich an 2 wunderschöne Wochen mit ihr. Meine Mutter war oft genervt. Als wir wieder zu Hause waren, wollte ich sofort wieder los zu meiner Oma. Jede Ferien verbrachte ich von da an bei ihr auf Gran Canaria. Nach kurzer Zeit bin ich allein geflogen, jedes Mal war es wieder sehr schön, meine andere Oma hatte ich ja irgendwie immer um mich, besonders wenn meine Eltern so viel arbeiteten, bin ich direkt nach der Schule zu Oma drei Straßen weiter gegangen. Dort habe ich zu Mittag gegessen, die Hausaufgaben gemacht und auf meine Eltern gewartet. Ein Highlight war immer Gran Canaria. Natürlich wurde ich älter, die Pubertät kam, aber zu meiner allerbesten Oma wollte ich immer. Sie wurde natürlich auch älter, war aber weiterhin fit wie ein Turnschuh.

Bis zu dem Tag, an dem der Anruf kam. Aus dem Krankenhaus in Palma. Der Schrecken fuhr mir durch Mark und Bein. Oma? Was war mit ihr? Der Arzt am Telefon sagte, wir sollten schnell vorbeikommen, da sie einen Schlaganfall erlitten hatte. Ich rief meinen Chef an und fragte nach kurzfristigem Urlaub, welcher mir auch gewährt wurde. Der Flug war ebenso zügig gebucht, ab ins Auto, zum Flughafen und zu Oma direkt ins Krankenhaus.

In der Anmeldung sowie auf der Station fragte ich nach ihr. Aufgeregt. Mein Herz schlug bis zum Hals. So lief ich in Richtung ihres Zimmers. In die Freude, sie zu sehen, mischte sich allerdings viel Angst, weil ich nicht einschätzen konnte, was passiert war, wie es ihr ging, wie sie aussehen würde. Die Informationen, die mir der Arzt in einem schlechten Deutsch mitteilte, waren nicht viele. Kurz, knapp und nicht genügend, um auch nur annähernd einschätzen zu können, was mich erwartete. Vor der Tür angekommen, blieb ich einen Moment wie paralysiert stehen. Geh ich rein, klopfe ich an, brauche ich vielleicht doch noch ein wenig Zeit? Das Leben, mein Leben und meine Vergangenheit flogen in Sekunden vor meinen Augen vorbei. Die schönen Zeiten mit ihr, das herzliche Lachen, welches meist von ihr ausging, die ganzen schönen Erlebnisse, die ich nie vergessen werde. Ich nahm allen Mut zusammen, drückte die Klinke runter. Vorsichtig öffnete ich die Tür, Zentimeter für Zentimeter. Mein Puls war kaum auszuhalten. Mein Herz schien zu explodieren. Unglaublich. Ich schaute um die Ecke, sie hatte ihre Augen geschlossen, schien zu schlafen. Ich schlich mich geradezu ins Zimmer, ging noch leiser in die Richtung ihres Bettes. Sie öffnete die Augen, das linke kleiner, viel kleiner als das rechte. Sie sah mich, fing an zu lächeln. Einen Schlaganfall hatte sie, mit allen typischen Symptomen. Ihre linke Seite schien paralysiert. Der linke Mundwinkel blieb unten. In mir stieg eine Traurigkeit auf, die ich nicht beschreiben kann, so traurig war ich lange nicht. Die immer so herzliche und humorvolle Frau, meine Oma, lag in diesem Moment sozusagen wie ein Häufchen Elend in diesem viel zu großen Bett. Ja, sie war es. Aber wirklich Ähnlichkeit mit ihr? Nein, so abgemagert und ausgelaugt. Nichts mehr von dieser starken, aufrecht gehenden, durch nichts zu beeindruckenden Frau, so wie ich sie kannte. Was war in den letzten Monaten mit ihr geschehen, dass sie so drastisch abgenommen hatte? Neben ihrem Bett Maschinen, die unter anderem halfen ihr Leben aufrecht zu erhalten.

Sie halfen unter anderem ihrem Herzen im Takt zu bleiben. Sie versuchte zu sprechen, doch so richtig konnte sie sich nicht ausdrücken. Wortlücken, Wortfindungsstörungen und fließend war diese Wortfolge auch nicht. Zusammenreißen war das Credo. Sie brauchte nun jemanden, der stark ist, der ihr Kraft geben kann. Und ja, das wollte ich sein. Als der Arzt kam, schlief sie wieder. Ich wollte sie nicht wecken, sagte zu ihm, dass ich ihre Enkelin bin, worauf der Arzt anfing, mir einige Dinge zu erklären:

„Sie wird wahrscheinlich von jetzt an immer auf einen Rollstuhl oder zumindest einen Rollator angewiesen sein. Ihre linke Körperhälfte ist komplett gelähmt. Man kann natürlich einiges zurückholen, aber ich denke, dass sie gerade in der nächsten Zeit sehr viel auf Hilfe angewiesen sein wird. Können Sie das leisten?"

Ich überlegte einen kurzen Moment. Kann ich das, fragte ich mich. Ich wohne nicht hier, habe einen Job in Frankfurt, oh... vielleicht könnte ich...

Home-Office ging mir durch den Kopf. Das müsste ich mit meinem Chef besprechen. Ohne wirklich auf eine Antwort von mir zu warten, führte der Arzt weiter aus:

„Ihr Sprachvermögen und Ausdrucksvermögen ist ebenfalls stark eingeschränkt, wie sie bestimmt schon gehört haben. Dazu kommt, dass wir bis dato noch nicht wissen, ob eventuell auch ein Schaden im Gedächtnis entstanden ist. Als sie hier eingeliefert wurde, konnte sie sich nicht an ihren Namen erinnern? Sie wusste auch nicht ihr Geburtsdatum oder wo sie wohnt. Das scheint nun wieder besser zu sein, dennoch bleibt es abzuwarten."

Eine traurige Nachricht folgte der nächsten. „Ja, ich schaffe das!", der Arzt schaute mich mit einem fragenden Blick an: „Wie bitte, was schaffen Sie?"

„Na, meine Großmutter zu pflegen, bei ihr zu sein und für sie da zu sein, ich werde auf Home-Office umstellen, das klappt schon." Zuversichtlich schaute ich sie an und konnte gleichzeitig meinen Ohren nicht trauen. Was hatte ich da gesagt? Meinen Chef zu fragen, ob ich vielleicht zu Hause arbeiten kann, kam einer von mir ausgesprochenen Kündigung gleich. Obwohl er mir diesen sehr kurzfristigen Urlaub ebenfalls bewilligt hatte, was mich überraschte. Ich befand mich in einer sehr unangenehmen Zwickmühle, sozusagen zwischen 2 Stühlen. Meine Oma, die ich auf jeden Fall unterstützen wollte, auf der anderen Seite müsste ich ebenfalls von etwas leben, Geld verdienen. Ich würde es bestimmt irgendwie regeln können, ganz bestimmt. Mir schossen zur gleichen Zeit unendlich viele Gedanken durch den Kopf, unter anderem das Bild von meinem Chef. Aber Home-Office war kein Problem, von der Organisation her. Ich brauche nicht unbedingt präsent zu sein, kommt aber darauf an, wie das mein Chef mit der Anwesenheitspflicht sieht. Angst kommt auf, bei dem Gedanken, ihn fragen zu müssen. Es wird sich schon alles regeln. Meine geliebte Oma ist einfach wichtiger, sie hat damals so viel für mich getan, jetzt kann ich ihr zumindest ein wenig zurückgeben. Dieser Gedanke gefällt mir sehr. Der Arzt sagte, dass sie noch ungefähr 5 bis 6 Tage im Krankenhaus bleiben müsse, um noch weitere Untersuchungen zu machen. Somit konnte auch ich mich organisieren. Am späten

Abend saß ich wieder in der Maschine zurück nach Frankfurt.

Am nächsten Tag war ich wie immer pünktlich auf der Arbeit, mein Chef kam auf mich zu und bat mich in sein Büro zu kommen, sobald ich Zeit hätte. Das stürzte mich noch tiefer in die Gedanken, die ich mir ohnehin schon machte. Also gut, besser sofort, als es noch länger vor sich herzuschieben. Ich atmete mehrfach tief ein und wieder aus. Stress herauslassen, machte mich dann mutig auf den Weg in Richtung seines Büros, klopfte an. Ohne eine Antwort abzuwarten, ging ich rein. Er saß hinter seinem ausladenden Schreibtisch, machte Notizen. Zumindest schrieb er etwas.

„Setzen Sie sich bitte!", war seine Aufforderung, der ich nachkam. „Frau Borchert, ich habe ein Projekt für Sie, welches Sie realisieren sollen, bzw. bei dem Abschluss helfen sollen." Ich schaute ihn fragend an. Oh nein, ein Projekt, das bedeutet viel mehr Arbeit und ich wollte ihn nach der Möglichkeit des Home-Office fragen.

„Um was handelt es sich?"

„Ich brauche für die nächsten 2, 3 oder 4 Tage jemanden, der mehr als 8 Stunden Zeit hat, beziehungsweise bereit ist, mehr zu arbeiten, weil ein Kunde seine angefangene Werbekampagne auf die Straße bringen möchte. Wortwörtlich. Dafür brauche ich ein großes Team. Um das zu verwirklichen. Das bestehende Team weist sie ein. Sind Sie dazu bereit."

„Wie lange würde das Projekt in der Verwirklichung dauern?" fragte ich ihn. Seine Antwort war klar: „2, 3 maximal 4 Tage."

Meine Oma sollte noch 5 bis 6 Tage im Krankenhaus verbleiben. Von der Zeit her würde das funktionieren. „Ja, ich mache es.", hörte ich mich sagen. „Ich persönlich hätte ebenso ein Anliegen. Meine Oma hatte vor ein paar Tagen einen Schlaganfall, sie liegt momentan im Krankenhaus, aber wenn sie nach Hause kommt, muss jemand da sein, der ihr zur Hand gehen kann. Deswegen wollte ich sie fragen, ob ich vielleicht im Home-Office arbeiten könnte?" Er schaute mich an. Ich erwartete seine negierende Antwort. Sehr überraschend für mich sagte er: „In der Situation, in der Sie sich befinden, dürfte das übergangsweise kein Problem sein." Wie bitte? Ich hatte mich nicht verhört. Es war möglich. Damit hatte ich nun wirklich nicht gerechnet. Danke!

Kakao

„Ja, manchmal habe ich sonntags frei. Kommt drauf an, wie viel Arbeit wir haben. In der Haupterntezeit arbeiten wir jeden Tag von morgens bis abends. Ich unterstütze meine Familie, damit wir immer genug zu essen haben. Alle arbeiten hier auf der Kakaoplantage. Das ist unsere Arbeit.", werde ich sozusagen in die Arbeit auf der Plantage eingeführt. Meinen Jahresurlaub verbringe ich in diesem Jahr in Südamerika, genau gesagt in Ecuador. Anstatt in einem All-in-Hotel jeden Tag am Pool zu liegen, habe ich mich dazu entschlossen, Land und Leute ein wenig kennenzulernen. Meinen Rucksack nur mit dem Nötigsten auf dem Rücken fahre ich von Ort zu Ort, miete mich in Herbergen, gewiss keinerlei Luxus, ein. Mein Spanisch ist zwar nicht das Beste, aber ich kann mich notfalls mit Händen und Füßen verständigen. An diesem Tag ist keine Herberge, kein Hotel in Sicht, nicht wirklich ein Dorf, aber schlafen muss ich irgendwo.

Vor mir, nur ein paar hundert Meter entfernt, taucht ein kleines Haus auf. Ich entschließe mich dort zu fragen, ob es irgendwo in der Nähe eine Übernachtungsmöglichkeit gibt. Angekommen, sehe ich zuerst direkt in die Augen eines für mich noch kleinen Jungen. Vielleicht ist er 10 Jahre alt. Ich frage ihn nach seinen Eltern. Seine Antwort:

„Die sind auf der Plantage. Es ist Erntezeit." Die nächste Antwort auf meine Frage, was sie denn ernten würden, ist kurz und knapp: „Kakao."

Aus diesen Augen strahlt mir ein gewisser Stolz entgegen, sie leuchten geradezu. „Komm", sagt er und gibt mir gleichzeitig das Zeichen, dass ich ihm folgen soll, was ich auch tue. Wir gehen hinter das Haus, wo schon viele Kakaofrüchte liegen. Er leert seinen auf den Rücken gespannten Korb auf diesem Haufen aus. Ein erneutes „Komm" lässt mich weiterhin folgen. Ohne mich zu kennen, gehen wir in das kleine, für meine Verhältnisse, einfache, aber mit Liebe hergerichtete Haus. Er deutet mir an, meinen Rucksack hier zu lassen. „Komm", wieder folge ich ihm. Er kennt mich nicht, ich kenne ihn nicht, aber er scheint mir zu vertrauen, das kindliche Urvertrauen. Wir gehen ein kurzes Stück in den Urwald. Ein paar Kinder, sowie drei Erwachsene sind dort am „Arbeiten", die Kinder spielen eher mit den Früchten. Sie sind augenscheinlich kleiner als der Junge, dem ich gefolgt war. Die Erwachsenen schlagen mit Macheten die Kakaofrüchte von den Bäumen und füllen damit die Körbe.

„Mama, der Mann war an unserem Haus. Er hat gefragt, wo ihr seid." Die Mutter, die in einem Tuch vor ihrer Brust ein Baby trägt, dreht sich zu mir um. Sie schaut mich verwundert mit großen Augen an.

„Hallo", mehr bekomme ich in diesem Moment nicht über die Lippen. Der Mann kommt sofort dazu.

"Was machst du hier?", ist seine Frage. Mit meinem gebrochenen Spanisch versuche ich ihm zu erklären, dass ich Urlaub mache, ich jedoch Land und Leute kennenlernen möchte und momentan auf der Suche nach einer Herberge bin, wonach ich ihn auch direkt frage. Er gibt mir zu verstehen, dass es keinerlei Herberge hier in der Nähe gibt, das nächste Dorf mindestens eine Stunde mit dem Pferdewagen entfernt ist. Im selben Moment bietet er mir an, in seinem Haus zu nächtigen. Ich bin mir unschlüssig, aber ich nehme es an, bedanke mich bei ihm und füge die Frage hinzu, wie ich helfen kann. Natürlich winkt er erstmal ab. Also schließe ich mich mit dem Jungen zusammen und wir bringen gemeinsam die Körbe zum Haus, leeren sie aus und holen die nächsten. Wieder angekommen im Dschungel, schaut der Vater mich an, lächelt und nickt mir wohlwollend zu. So bei der Arbeit komme ich mit dem Jungen ins Gespräch und frage ihn, wie der Kakao verarbeitet wird, woraufhin er mir erklärt:

„Jetzt ist Erntezeit, da arbeiten wir jeden Tag von morgens bis abends. Wir pflücken die Früchte von den Bäumen. Die bringe ich dann zu unserem Haus. Am Nachmittag dann werden die Früchte mit einer Machete aufgeschlagen. Wir holen die Bohnen heraus und legen sie hinter unserem Haus auf Bananenblätter. Darüber wieder Blätter, dann Bohnen und so geht es weiter. Nach ein paar Tagen können wir sie dann auf unser Dach bringen. Dort werden sie von der Sonne getrocknet. Ein Händler kommt einmal die Woche und

42

holt sie ab. Wir schneiden nicht alle Früchte gleichzeitig von den Bäumen, sondern jeden Tag einen Teil."

Mit seiner so tollen Erklärung konnte ich nun den Alltag der Familie besser verstehen. Die beiden Körbe sind gefüllt. Wir gehen in Richtung Haus, um sie zu leeren. Mein Korb, den ich auf dem Rücken trage, ist genauso groß, wie der des Jungen und genauso gefüllt. Er ist sehr schwer. Ich rede mit ihm, ohne zu wissen, wie sein Name ist, also frage ich ihn:

„Wie heißt du?"

„Miguel und du?"

„Ich heiße John. Encantado!"

Mein Spanisch ist wirklich nicht das Beste, deswegen muss ich fast in jedem Satz nachfragen, weil ich etwas nicht verstanden habe. Miguel hat sehr viel Geduld mit mir. Auf dem erneuten Weg in den Dschungel fragt er mich, welche Sprache ich spreche.

„Deutsch", ist meine knappe Antwort. Diese Sprache kannte er nicht, wollte aber unbedingt ein paar Wörter lernen. Er fragt mich, was Kakao auf Deutsch heißt, oder Machete, oder sein Name und viele andere Wörter. Als ich ihm sage, dass Kakao Kakao heißt, nur ein wenig anders geschrieben wird, ist er erstaunt.

Zur Mittagszeit geht es zurück nach Hause, die Mutter kocht einen großen Topf mit Suppe, „Encebollada" wird ihrem Namen gerecht, so viele Zwiebeln in ihr. Sie schmeckt mir sehr gut, obwohl ich anfangs skeptisch war. Zwiebeln mag ich, auf jeden Fall, aber so viele und diese Zusammenstellung war mir doch eher fremd.

Die Früchte aufbrechen und die Bohnen herausholen, inklusive des Fruchtfleisches ist nun die anstehende Aufgabe. Wie Miguel es mir zuvor beschrieben hatte, breiten wir diese auf den großen Bananenblättern aus, schichten diese Blätter zum Fermentieren der Früchte. Es ist eine harte Arbeit, die laut Aussagen nur das Geld zum Leben einbringt, was unbedingt benötigt wird.

Da ich nah am Äquator bin, wird es zeitig dunkel. Die Familie setzt sich noch einen kurzen Moment in ihrer Hütte zusammen, bevor sie sich bettfertig machen. Die Mutter macht mir ein hübsches und gemütliches Nachtlager zurecht. Kaum habe ich mich in die Waagerechte begeben, schlafe ich ein. Was war das für ein ereignisreicher und schöner Tag!

Verkürzter Urlaub

Endlich Urlaub. Was für eine Freude nach der ganzen Arbeit, wohl verdient. Für mich geht es heute in Richtung meines Wunschziels, nach Peru. So lange hatte ich auf diese Reise gespart. Jetzt ist es so weit, heute Nachmittag um 15:30 Uhr geht es los. Von Mexiko-Stadt nach Peru, Lima und Cusco. Wenn mir dann noch Zeit bleibt, möchte ich auch noch zum Machu Picchu. Das wird aber vor Ort in Cusco entschieden. Hängt dann an meiner aktuellen körperlichen Verfassung, da der Aufstieg nicht ohne ist.

Tasche ist gepackt, steht bereit. Viel habe ich für diese Tage nicht dabei, trotzdem brauche ich einen Trolley. Und meinen fast schon obligatorischen Kamerarucksack. Mit dem Bus werde ich von Texcoco nach Mexiko-Stadt fahren. Der Flug führt mich über Panama, wo ich einen ungefähr zwei- bis dreistündigen Aufenthalt haben werde, nach Peru, genau gesagt Lima. In 20 Minuten geht's los in Richtung Busbahnhof. Mein Gepäck wird im Fahrzeug verstaut. Die erste Etappe bis Mexiko-Stadt. Noch den Ablauf im Kopf durchdacht, sitze ich schon im Bus. Ich freue mich so sehr, obwohl mich meine Bekannten und Freunde immer wieder fragen, wieso ich mich nicht freuen würde. Ja, man sieht es mir vielleicht nicht auf Anhieb an, denn hier in Mexiko freut man sich ganz anders. Man zeigt es. Man erzählt "Gott und der Welt", dass man verreist. Ein gewichtiger kultureller Unterschied zwischen den Mentalitäten. Das ist das typisch deutsche, was mir geblieben ist. Aber ja, ich freue mich und die Nervosität steigt mit jedem Kilometer, dem ich dem ersten Etappenziel näherkomme. Vielleicht könnte ich noch ein wenig schlafen, auf der Busfahrt. Das war zumindest eine Überlegung, jedoch funktioniert das natürlich nicht, denn dafür bin ich viel zu aufgeregt.

Am Tapo angekommen suche ich den Metrobus, welcher mich direkt zum Flughafen bringen würde. Gefunden. Einsteigen und zur nächsten relativ kurzen Etappe zum Flughafen, ins Terminal 2. Dort wiederum gibt es eine lange Schlange an den Schaltern, die für meinen Flug nach Peru vorgesehen sind. In dieser Schlange stehend überrascht mich Zalia. Sie kommt winkend, rufend auf mich zu. Was für eine Freude. Ich hatte ihr natürlich im Vorfeld von meiner Reise erzählt, aber dass sie hier zum Flughafen kommt, um sich für diese paar Tage des Urlaubs bei mir zu verabschieden, hätte ich nicht gedacht.

Es geht nicht voran. Mein Spanisch ist noch nicht sehr gut, deswegen bitte ich Zalia zu fragen, was denn los ist. Man sagt ihr, dass es kein Strom in Panama am Flughafen gebe und somit keine Möglichkeit bestehen würde, nach Panama-Stadt zu fliegen. Alle Passagiere würden umgebucht. Oh nein, mein Urlaub scheint sich in Luft aufzulösen. Nach einigen Stunden des Wartens bin ich endlich an der Reihe. Sie können mir einen Ersatzflug am nächsten Tag anbieten um die gleiche Uhrzeit.

„Ok", sage ich. Leider bleibt mir keine andere Wahl. Der Flug wird umgebucht. Zalia fragt mich, ob ich, anstatt wieder ganz nach Hause zu fahren, nicht für diese Nacht bei ihr bleiben wolle. Sie wohnt mitten im Stadtzentrum, im sogenannten „Centro Historico". Ja, warum eigentlich nicht? Gute Idee. Mit dem neuen Ticket, der Board Card in der Tasche machen wir uns im Taxi auf den Weg zu Ihrer Wohnung. Ich genieße den Tag mit ihr. Eine tolle Frau. Die Gespräche mit ihr sind so facettenreich, über alles kann man mit ihr reden. Manchmal tut sie mir schon ein wenig leid, denn sie benutzt ganz andere Wörter als die, die ich bis dato gelernt hatte. Somit frage ich sie in fast jedem Satz, was denn das Wort bedeutet. Nicht nur heute, sondern auch in der Vergangenheit ist sie geduldig und erklärt mir, was sie zu dem Zeitpunkt sagen wollte oder welche Bedeutung das Wort, der Ausdruck oder die Redewendung hat. Zalia ist eine sehr intelligente und belesene Frau, die ich in den letzten Monaten zu schätzen gelernt habe.

Wir machen einen langen Spaziergang durch die Innenstadt, reden viel und abends genießen wir ein gutes Essen in einem typischen Restaurant im Zentrum. Es macht mir fast nichts aus, dass ich aufgrund des Stromausfalls in Panama einen Tag meines Urlaubs verloren habe. Am Morgen lassen wir uns viel Zeit. Alles sehr gemütlich. Zalia hat ihren freien Tag.

Mein Flug geht erst um 15:30 Uhr. Wir haben alle Zeit der Welt. Ich stehe irgendwann auf, möchte mich auch direkt duschen, damit ich dann schon mal fertig bin. Es ist der 19. September 2017. Mir bleiben noch 5 Tage Peru, anstatt 6, aber egal. Als ich aus dem Bad komme, steht Zalia schon fast bereit, um duschen zu gehen. Wir tauschen im Prinzip nur die Räume. Genau in diesem Moment ein Lärm, ein Ton, wie eine Sirene. Aus dem Radio, aber auch drumherum, aus allen Ecken, von allen Seiten. Aus allen Richtungen.

„Was ist das?", frage ich Zalia. Ihr steht von einer auf die andere Sekunde die pure Panik in den Augen:

„Erdbeben, Erdbeben, wir müssen raus. Auf die Straße, nach unten." Ich stehe im ersten Moment wie versteinert mitten im Raum. „Los, wir müssen runter!", schreit sie mich an. Sie steht allerdings fast nackt vor mir, denn sie wollte sich duschen. Mir fehlen die Hose und die Schuhe. Schnell. Rein schlüpfen und raus. Die Entwarnung folgt prompt.

„Welches Datum ist heute?"

„Der 19. September. Warum?"

„Ah, dann brauchen wir nicht raus. Das ist der Simulacro."

„Was bitte ist das?"

Sie erklärt es mir: „Vor 32 Jahren gab es hier am 19. September 1985 um die Mittagszeit herum ein Erdbeben. Ein sehr schweres Erdbeben. Die Folgen waren mehr als 10000 Tote. Viele Gebäude sind eingestürzt und es war der schlimmste Tag, den ich jemals erlebt hatte. Seit diesem Tag gibt es den Simulacro jedes Jahr am 19. September um 11:00 Uhr. In Gedenken an die große Katastrophe." Ja. Okay verstanden. Deswegen mussten wir in diesem Moment nicht runter. Wir können uns in Ruhe fertig machen, obwohl ich ja startbereit war. Aufgrund des starken Schreckens und der Botschaft schnell das Haus verlassen zu müssen, war ich geradezu in die Hose und Schuhe gesprungen. Fertig eben!

„Komm, wir gehen frühstücken. Wir haben noch genügend Zeit, bis dein Flugzeug abhebt?", sagte Zalia, als sie „frisch, fromm, fröhlich, frei" vor mir stand. Gerne. In den nächsten Tagen würde ich typisch peruanisches Essen bekommen. Also nun nochmals „enchiladas suizas" oder doch lieber mit roter Sauce, dazu mit Käse gefüllt anstatt mit Hähnchen genießen, typisch mexikanisch. Ein schöner Abschluss hier zusammen mit Zalia. Es schmeckt sehr gut. Ich schaue auf die Uhr meines Handys.

„So langsam sollte ich mich mal auf den Weg in Richtung Flughafen machen." Wir bezahlen und verlassen das Restaurant.

„Möchtest du, dass ich dich zum Flughafen begleite?"

„Ja, natürlich."

„Aber wir fahren nicht mit der Metro und ebenso nicht mit dem Metro-Bus, sondern mit einem Taxi." Okay kein Problem, denke ich und nicke ihr mit einem Lächeln auf den Lippen zu. Wenn sie mich begleitet und ich noch einen Moment mehr Ihre Anwesenheit genieße kann. Warum nicht? Dann fahre ich gerne im Taxi zum Flughafen. Zalia hält ein Taxi an und fragt den Taxifahrer, wie viel er für die Fahrt zum Flughafen nimmt. Die Summe höre ich zwar nicht, da Zalia aber „Einverstanden" sagt, wird der Preis vermutlich angemessen sein. Er soll bitte den Kofferraum öffnen, für meinen Koffer, den wir auf keinen Fall mit nach vorne nehmen können. Der junge Mann öffnet seine Fahrertür und will vermutlich gerade aussteigen, um den Kofferraum zu öffnen, da gibt es einen Schlag. Die Erde bewegt sich. Die Erde hat mich hüpfen lassen. Die gleiche Sirene wie 2 Stunden vorher. Die Erde bewegt sich nun zu allen Seiten. Diesmal kein Simulacro, diesmal echt! Ein Erdbeben, ein ERDBEBEN. Heftig! Die ganze Welt um mich herum in Bewegung, von links nach rechts, von oben nach unten. Von vorne nach hinten, einfach in alle Richtungen. Zalia zieht an meinem Arm. Alle um uns herum schreien, Zalia inklusive. Sie zieht, schreit:

„Wir müssen hier raus!"

"Ich kann nicht! Mein Koffer!" Mit seinen kleinen Rädern verfängt er sich zwischen den Pflastersteinen in dieser engen, bedrohlich wirkenden Straße. Ich kann ihn nicht ziehen, ich kann nicht laufen, überhaupt keinen Schritt, alles dreht sich, bewegt sich, wackelt. Mir wird schwindelig. Ich schließe die Augen. Nein, keine gute Idee. Das Gefühl des Schwindels erhöht sich. Augen auf, obwohl es auch keine wirkliche

Linderung bringt. Die Laternenpfähle neigen sich wie zu groß geratene Grashalme im Wind. Um mich herum Geschrei. Angst! Panik! Die Menschen weinen. Ihre Schreie gehen mir tief unter die Haut. Ein Ausnahmezustand. Zalia zieht weiterhin an meinem Arm. Sie will aus dieser Straße raus. Einfach nur raus. Auf den nahe gelegenen Platz. Nur ein paar Meter. Ich kann nicht. Keinen Schritt. Ich bekomme keinen Fuß vor den anderen. Zalia schreit. Sie ist in Panik. Der Boden bewegt sich immer noch. Es scheint eine Ewigkeit zu sein. Nicht mehr aufzuhören. Zalia will raus aus der Straße. Ich kann nicht, ich versuche einen Schritt zu machen. Mir ist nur noch schwindelig. Selbst ruhig stehen zu bleiben ist eine Kunst, alles bewegt sich, absolut alles. Ich hole tief Luft, ziehe Zalia zu mir ran und wiederhole ruhig in der Form eines Mantras:

„No pasa nada! No pasa nada! No pasa nada! No pasa nada!" Immer und immer wieder:

„No pasa nada! No pasa nada!" Alle um mich herum schreien, weinen. Eine schlimme Situation. Die alten Gebäude in dieser Straße „Correo Major" knarzen und stöhnen schwer, als würden sie viel Kraft aufwenden müssen um stehenzubleiben. Die Laternenmasten neigen ihre Köpfe gen Straße. Meinen Koffer halte ich mit der linken Hand fest. Fest im Griff. Im rechten Arm habe ich Zalia, die schreit:

„Polvo Blanco (weißer Staub). Es werden viele Menschen sterben. Wir sterben."

„No pasa nada! No pasa nada!" Ungefähr 70m hinter uns ist ein Stück eines Gebäudes eingestürzt. Das hatte den weißen Staub verursacht, den Zalia sah. Die längste Minute meines Lebens. Denn sicherlich wird es nicht länger dauern. Eine Minute, mehr nicht, die aber über Leben und Tod entscheidet. Werden wir hier gesund herauskommen? Oder wird ein Haus neben oder über uns zusammenbrechen. Das Leben läuft wie ein Film im Schnelldurchlauf vor meinen Augen mit einer Geschwindigkeit, der ich nicht folgen kann, ab. Die Menschen schreien, pure Panik um mich herum. Realität? Horrofilm? Wirklichkeit? Surreal? Überleben ist das Einzige, was zählt.

Wie in einem schlechten Hollywoodfilm fühlt sich diese Situation an, in der wir uns gerade befinden.

„No pasa nada!" Immer wieder. „No pasa nada!" Zalia schreit es aus dem tiefsten Punkt ihres Körpers heraus:

„Es werden viele sterben. Wir auch." Das war sozusagen ihr persönliches Mantra.

„Zalia ja, no pasa nada!!, fahre ich sie nun an. Es hilft nicht. Neben mir eine Frau, die nicht weiß, ob sie weinen oder schreien soll. Sie scheint sich in einer partiellen Schockstarre zu befinden. Die Panik ist bei ihr noch tiefer, als bei Zalia. Ihr Mann möchte sie beruhigen, aber sie nimmt ihn nicht wahr. Wie lange noch? Es muss doch aufhören. Zalia im Arm, ganz eng bei mir, beruhigt sich die Erde. Das Erdbeben ist vorbei, zu Ende. Zalia zieht wiederum an meinem Arm, zieht mich raus. Raus aus dieser Straße. Schnell auf den nahegelegenen Platz.

„Es wird Nachbeben geben. Raus hier, weg hier." Am Platz angekommen schreit sie weiter. Ich halte sie fest.

„Zalia callate, tu vives." Ich schreie sie an. Sie ist gefangen in der Panik. Aber mit meiner Stimme und dem direkten Blick gelingt es mir wahrhaftig, sie ein wenig zu beruhigen. Ich nehme sie in den Arm.

„Wir leben, wir leben! No pasó nada."

Ja, sie schaut mich an, mit großen Augen.

„Ja, du hast recht. Ich muss zu meiner Arbeit. Meine Kinder werden mich dort suchen."

„Ich begleite dich."

„Was machst du, Monja?"

„Ich will zum Flughafen. Ich fliege gleich nach Peru." Auf die Uhr meines Handys schauend sage ich: „Ich muss mich beeilen. Mein Flieger. Mein Urlaub. Peru wartet auf mich." Ich bringe Zalia wie versprochen bis zu ihrer Arbeit. Es ist nicht weit. Verabschiede mich von ihr. Sie fragt:

„Monja, wie kommst du zum Flughafen?" Meine Antwort, die prompt folgt:

„Wenn es sein muss, zu Fuß. In welche Richtung muss ich gehen?"

„Grobe Richtung daher. ", sie zeigt in die Richtung der Straße, die ich unter normalen Umständen meiden würde. Heute ist eine andere Situation. Ehrlich gesagt denke ich nicht viel. Nur ein kleiner Moment der Überraschung bleibt. Ich laufe los. Grobe Richtung geradeaus. Immer gerade aus. Ich laufe. Mein Ziel, Flughafen, fest im Blick. Im Kopf natürlich, denn für den Blick ist es noch viel zu weit. Ich laufe an einem Haus vorbei, an dem die Jalousien schief vor den Fenstern hängen. Wenn es noch Fenster gibt und sie nicht aus den Rahmen herausgefallen waren, zersplittert auf der Straße liegen. Das Gebäude scheint sehr instabil zu sein. Weiter. Flughafen. Ich höre eine Frau, wohl auch eine Ausländerin, fragen:

„Wie komme ich zum Flughafen?" Sie trägt einen Rucksack. Keinen Koffer. Ein junger Mann antwortet:

„Weiter hinten ist ein Bus. Der fährt zumindest in die Nähe." Ich folge der Frau im Laufschritt. Sie steigt in einen schrottreifen Bus, in den ich normalerweise niemals einsteigen würde. Normalerweise. Ich liebe mein Leben, da kann es mehr als gefährlich sein, dort einzusteigen. Die Leute schauen mich an, sie mustern mich. Das war alles andere als ein Metrobus, den ich gewohnt war. Er war voll. Überfüllt. Alle wollen wahrscheinlich aus dem Zentrum raus, nur raus aus dem Chaos hier. Weg.

„Könnten Sie mir bitte sagen, wann wir am Flughafen sind?"

„Ja", die knappe Antwort. Irgendwo neben einer breiten, fast nicht zu überwindenden Straße lässt er mich raus. Keine Ahnung, wo ich bin. Ich weiß es nicht. Den Teil der großen Stadt kenne ich nicht. Außerdem sieht es auch nicht sehr einladend aus. Das

Handy funktioniert nicht. Kein Signal. Wahrscheinlich durch das Erdbeben. Aber auch das weiß ich nicht. Ein wenig verloren stehe ich da. Was mache ich nun, wohin, in welche Richtung muss ich gehen?

Ein Mann kommt vorbei. „Wo ist der Flughafen?" frage ich ihn spontan.

„Hier um die Ecke und immer gerade aus."

„Danke" Oh. Immer gerade aus. Alles klar? Das finde ich. Ich laufe über den Bürgersteig. Laufe bis zu einer Stelle, an der der Bürgersteig aufgestellt ist. Aufgestellt wie ein Keil. Mein Blick geht zur Seite. Ein Parkplatz. Direkt an der Einfahrt des Parkplatzes befindet sich der aufgestellte Bürgersteig. Wie ein Dreieck, welches ungefähr 50-60 Zentimeter in die Höhe ragt. Ich schaue auf den Parkplatz. Wie kommen die Autos dorthin? Sie sehen nicht so aus, als würden sie schon lange dort stehen. Wie kommen Sie wieder runter? Ich muss für ein paar Schritte auf die Straße wechseln. Lauf! Es ist spät! Dein Flug! Laufe weiter. Von weitem ist der Flughafen zu erkennen. Terminal 2. Fast geschafft. Ich nähere mich. Sehe hunderte Personen draußen stehen. Warum gibt es so viele Personen vor dem Gebäude? Warum gehen Sie nicht hinein? Warum stehen sie mitten in der heißen, brennenden Sonne? Warum? Ich überquere die Straße. Komme an. Alle Leute draußen. Die Flughafenangestellten verteilen Becher mit Wasser. Oh Wasser, gute Idee. Ich stehe mitten unter Ihnen in der heißen Sonne. Mitten in der Menge. Den wenigen Schatten unter den kleinen Bäumen teilen sich Hunderte. Sonne. Meine Jacke wird als Sonnenschutz benutzt. Mein Handy vibriert. Der Empfang wieder da. Es vibriert und vibriert und vibriert. Eine Nachricht nach der anderen. Zig Nachrichten. Als ich es anmache, sehe ich, dass ich zig WhatsApp Nachrichten habe aus allen möglichen Ländern. Die Fragen immer die gleichen, egal ob auf Deutsch, Englisch, Spanisch.

„Wo bist du? Wie geht es dir? Bist du in Ordnung?" So oder so ähnlich. Ein ums andere Mal. Was soll das? Mir geht es doch gut. Warum sollte es nicht so sein? Die Antworten waren ebenso gleich.

„In Mexiko-Stadt am Flughafen. Ja, mir geht es gut. Alles in Ordnung hier."

„Aber es gab doch ein Erdbeben, oder nicht?"

„ Ähm, ja, war aber gar nicht so doll." Der Grund, dass alle draußen stehen, erfahre ich nebenbei. Die Start- und Landebahn ist kaputt und das Gebäude wird überprüft. Okay warten. Zwischen allen anderen. Die wahrscheinlich das gleiche Anliegen hatten. Nach einiger Zeit heißt es:

„In 50er Gruppen gehen wir rein ins Gebäude. Die Schalter sind offen. Sie können sich informieren." Meine Uhr sagt Abflug, jetzt. Das funktioniert nicht. Nein, unmöglich. Mit der vierten oder fünften Gruppe laufe ich mit. Streng limitiert auf 50 Personen. In Zweierreihen. Im Gleichschritt wie beim Militär. Sofort zum Schalter, wo schon viele Menschen warten. In die Schlange und ebenfalls warten. Nach Stunden erhalte

ich meine Bordkarte. Abflugzeit? Den genauen Zeitpunkt wissen sie noch nicht. Es kommt auf den Fort-
schritt der Reparaturarbeiten an. Am späten Abend
oder nachts. Nur nach Panama. Wahrscheinlich am
nächsten Tag nach Peru. Noch einen Tag weniger.
Mein Urlaub minimiert sich Stück für Stück. Ab in den
„sauberen Bereich". Warten. Stunden vergehen. Immer wieder schaue ich ungeduldig auf mein Handy. Es
ist kurz vor 21:00 Uhr. Mein Flug wird aufgerufen. Gate 27. Nichts wie hin. Endlich in den Urlaub. Oder zumindest auf halber Strecke bis nach Panama. Das sollte eigentlich nur ein kurzer Zwischenstopp sein.
Jedoch bleiben wir in dieser Nacht hier. Wir verlassen
das Flugzeug im Terminal in Panama-Stadt. Hier heißt
es wiederum warten. Alle werden auf Busse verteilt
und bekommen ihre Bordkarten für den nächsten Tag.
Es geht zum Hotel. Der Bus hält vor einem 5 Sterne
Hotel. Dafür gebe ich gerne noch einen weiteren Tag
meines Urlaubs in Peru her. An der Rezeption warten
wir alle in einer langen Schlange. Der Schlüssel mit
den Worten:

„26. Stock, bitte." Oh, so weit oben. Ich bin hun-
demüde, kann meine Augen nicht mehr offenhalten.
Mit der Code-Karte öffne ich die Tür. Das ist kein nor-
males Hotelzimmer, sondern eine Suite. Größer als die
Wohnung, in der ich lebe. Ein Kingsize-Bett erwartet
mich. Ich ziehe mich um und lasse mich auf dieses
riesengroße Bett fallen. Todmüde. Nur noch schlafen
nach diesem so ereignisreichen Tag. Der große Fern-

seher hängt vor dem Bett an der Wand. Ein Flachbild-
gerät und riesig. Wo ist die Fernbedienung? Noch ein
wenig bedaddeln lassen und schlafen. Er springt an.
Nachrichten. Oh, ein Erdbeben. Wo denn? In Mexiko.
Da war ich! Mittendrin! In den Nachrichten aus Mexiko
wird von eingestürzten Häusern und vielen Toten berichtet. Da war ich! Genau da, im Zentrum!

Die ganzen Bilder, die ich wahrscheinlich den gesamten Tag verdrängt hatte, irgendwie wahrgenom-
men, aber abgestellt hatte, kommen nun hoch und die
Tränen fließen.......

Die Magerite

Sie liebt mich, sie liebt mich nicht, sie liebt mich.... So saß sie auf der Bank im Park mit einer großen Margerite in der Hand. Lena hatte die Beziehung zu ihr beendet wegen einer anderen Frau. Was hatte diese andere Frau, was sie nicht hatte? Sie verstand die Welt nicht mehr. Die Gedanken an die schönen Zeiten, als sie zusammen...

Das sollte nun alles nie wieder so sein? Sie konnte es nicht glauben. Vor ein paar Tagen kam Lena von der Arbeit, eigentlich wie immer. Lena war sehr gut gelaunt, als sie ihr Haus betrat. Die Jacke wurde wie immer an die Garderobe gehängt, mit der Tasche betrat sie das Esszimmer. Sie, Marie, die sich um den Haushalt kümmerte und von zu Hause arbeitete, stand in der Küche am Herd.

„Es riecht wunderbar!", sagte Lena. „Was gibt es denn heute?", fragte sie gleich daraufhin. Die Antwort wartete sie allerdings nicht mehr ab. Lena umarmte Marie von hinten und gab ihr einen leichten Kuss in den Nacken.

„Hm, das sieht gut aus. Ich habe auch schon richtig Hunger. Ich hatte heute einen furchtbaren Tag."

„Was ist denn passiert?", fragte Marie neugierig.

„Ach, es war einfach nur stressig. Die neue Kollegin muss eingearbeitet werden. Das bedeutet für mich noch mehr Arbeit. Eine andere Kollegin hat sich für die gesamte Woche krank gemeldet, aber ihre Arbeit muss auch getan werden."

Das war vor ein paar Tagen. Gestern nun kam Lena nach Hause, viel später als normal. Da Marie sich Sorgen machte, rief sie sie an. Nur die Mailbox. Dann ein kurzer Anruf. Es war Lena. „Ich muss heute ein wenig länger arbeiten, warte mit dem Essen nicht auf mich. Der Fall hier muss bestens vorbereitet werden.", sagte sie schnell. Dann war das Telefonat auch schon wieder beendet.

Mitten in der Nacht hörte Marie die Haustür ins Schloss fallen. Sie war noch wach. Noch nie, seitdem sie beide ein Paar sind, nun schon seit 7 Jahren, war sie auch nur eine einzige Nacht alleine. Lena schlich die Treppen hoch und kam ins Schlafzimmer. Sie zog sich um und legte sich neben ihr ins Bett. Marie drehte sich um.

„Guten Morgen mein Schatz. Das mit dem Fall hat ganz schön lange gedauert." Lena sagte in dem Moment nur:

„Ja, ich bin müde, ich will schlafen" und drehte sich um. Kein Küsschen, was beiden zur Begrüßung so wichtig war. Kein liebes Wort, keine Umarmung. Sondern Distanz und Kälte. Marie war enttäuscht.

„Sie wird einen anstrengenden und langen Tag gehabt haben. Morgen ist es bestimmt wieder anders", beruhigte sie sich selbst.

Um 7 Uhr klingelte der Wecker. Lena musste wieder raus. Um 9 Uhr fing die Verhandlung im Gericht an. Vorher müsste sie noch kurz an der Kanzlei vorbei, ihren Talar holen. Marie wollte sie weiterhin schlafen lassen. Jedoch hatte Marie kaum ein Auge zugemacht. Sie lag annähernd die gesamte Nacht wach, gefangen in Gedanken.

Marie stand mit ihr auf, ging in die Küche und kochte für beide einen Kaffee. Geduscht und fertig für das Gericht kam Lena runter. Sie bedankte sich nur kurz für den Kaffee, nahm einen Schluck und sagte:

„So, ich muss los, es ist schon spät." So kannte Marie Lena nicht, so kalt, so distanziert. Wieder gab es keinen Kuss, wieder keine Umarmung. Es schien so, als würde Lena vor ihr flüchten. Die erste Besprechung hatte Marie erst um 11 Uhr. Sie hatte also noch Zeit, saß auf dem Sofa mit ihrer Tasse Kaffee. Die Gedanken gingen in alle Richtungen. Lena war so anders. In der Besprechung konnte sich Marie gar nicht konzentrieren, was auch ihren Kollegen auffiel. Sie wurde gefragt, ob etwas passiert sei, was Marie jedoch verneinte mit einem kurzen.

„Nein, nichts!" Natürlich war etwas geschehen, nur wusste sie noch nicht was. Konnte sich ein Mensch innerhalb eines Tages so ändern?

Um die Mittagszeit fuhr Marie zur Kanzlei. Sie wollte Lena abholen, mit ihr essen gehen und mit ihr reden. In das Restaurant, fast nebenan, in das sie immer gingen, wenn Marie sie abholte. Ein kleines italienisches Bistro-Restaurant mit der besten hausgemachten Pasta, die es auf der Welt gab. So saßen sie sich auch nun gegenüber. Lena konnte ihr nicht in die Augen schauen. Marie spürte, dass es nun an der Zeit war, Lena zu fragen.

„Was ist mit dir los? Was ist in den letzten Tagen passiert? Du bist so anders."

Nun sprudelte es aus Lena heraus.

„Marie ich werde mich von dir trennen. Ich habe mich in eine andere Frau verliebt." Dabei schaute sie sie unsicher an.

„Es tut mir leid, aber ich glaube, ich liebe dich nicht mehr. Es war in den letzten Monaten doch nur noch eine Freundschaft zwischen uns, keine Beziehung mehr. Das ist nicht das, was ich will." Marie fiel in einen Schockzustand. Hatte sie richtig gehört? Trennung? Sie war paralysiert, konnte in dem Moment nicht reagieren. Nach ein paar Sekunden brach sie in Tränen aus, stand auf und rannte aus dem Lokal. Sie rannte und rannte und rannte. Nein, sie wollte nie wieder anhalten. Ein Albtraum.

Auf der Bank im Park zupft sie nun das letzte Blütenblatt mit den Worten:

„Sie liebt mich nicht...", und fügt das Wort „MEHR." hinzu.

Wo bist du?

„Warum? Ich verstehe es nicht. Ich habe dich ge-
liebt, nein, ich liebe dich. Ich habe mein Herz geöffnet. Ich habe mein Leben für dich über den Haufen
geworfen. Warum nur? Warum tust du mir das an?
Erkläre es mir, bitte. Ich möchte es verstehen, seit
Tagen versuche ich dich zu erreichen. Ich habe das
nicht verdient.", so hieß es in der letzten verzweifelten
SMS in Richtung ihrer großen Liebe. Doch eine Antwort bekam sie nicht. Sie verstand die Welt nicht
mehr. Warum kam denn keine Antwort? Das Handy
schien aus zu sein oder nicht mehr erreichbar. Sie
fühlte sich ignoriert, herausgeworfen aus dem Leben
der Anderen. Bestimmt war eine andere Frau im Spiel,
bestimmt hatte sie sich in eine andere Person verliebt,
bestimmt wollte sie sich ein neues Leben, eine neue
Zukunft mit der Anderen aufbauen. Selbstzweifel kamen hoch. War sie nicht gut genug?

Sie war weg, einfach weg, wie ausgelöscht aus ihrem Leben, verschwunden. Alles Suchen half nichts.
Die Versuche sie zu kontaktieren per SMS, in den sozi-
alen Medien, telefonisch, per Mail, sogar einen Brief
schrieb sie ihr, verliefen im Nichts. Nichts, keine Antwort. Sie fühlte sich leer, ausgebrannt, abgelehnt, ignoriert. Damit umzugehen war schwer. Ja, sie wusste,
wo sie wohnte. Sie wohnten noch nicht zusammen,

aber geplant war es. Das Ziel war es ein gemeinsames Haus zu kaufen. Sie suchten zusammen nach einem adäquaten. Noch weniger verstand sie diese Situation. Sie fuhr jeden Tag zu ihrer Adresse, aber niemand war dort. Sie klingelte und klopfte. Vor der Wohnungstür stehend, mit dem Schlüssel in der Hand, überlegte sie hereinzugehen. Sie hatte Angst, etwas zu sehen, was sie nicht sehen wollte, obwohl sie gleichzeitig natürlich nicht wusste, was es hätte sein können. Die Gedanken flogen geradezu durch ihren Kopf. Sie rief eine gemeinsame Freundin an und bat diese, ob sie nicht vielleicht vorbeikommen könnte, um zusammen die Wohnung zu betreten. Sie hatte Angst. Zu zweit trauten sie sich. Keiner da. Alles stand da, als würde sie jeden Moment zurückkommen. In ihr stieg das Gefühl auf, dass etwas passiert war. Sie kannte sie. Niemals würde sie wegfahren und ihre Wohnung so hinterlassen. Die schmutzigen Teller und Tassen unberührt in der Spüle. Die mittlerweile trockene Wäsche auf dem Ständer im Wohnzimmer. Eine so ordnungsliebende Frau hinterlässt das nicht so.

Aus lauter Verzweiflung rief sie in allen Krankenhäusern an, vielleicht hatte sie ja einen Unfall, vielleicht war ihr etwas zugestoßen. Alle Anrufe gingen ins Leere, keiner wusste etwas. Sie kontaktierte Freunde, ihre Familie, Bekannte. Sie informierte sich bei ihrer Arbeit. Ihre Kollegen machten sich Sorgen um sie, denn sie war mittlerweile schon eine Woche nicht bei der Arbeit gewesen. Alle waren sehr besorgt, alle suchten sie nun. Niemand, der sie kannte, konnte sich erklären, warum sie von jetzt auf gleich weg war, verschwunden. Es musste einen Grund geben, den sich bis dato niemand erklären konnte. Normalerweise war sie die zuverlässigste Person, die es auf der Welt gab. Es passte einfach nicht zu ihr.

In dieser Woche hatte sie Spätschicht, saß am Frühstückstisch, schaute nach draußen auf die Straße, wo gerade ihre Nachbarin, von schräg gegenüber, den morgendlichen Spaziergang in Richtung Zeitungskiosk machte. Die obligatorische Gassi-Runde mit dem kleinen, freundlichen Malteser-Rüden, der immer, wenn er sie sah, zu ihr lief und sich Streicheleinheiten abholte.

Durch das Fenster grüßten sie sich. Sie saß da, ihren Laptop neben ihr. Schauen, ob sie vielleicht geantwortet hatte, ob vielleicht irgendein Lebenszeichen von ihr da war, aber nein, nichts. 10 Tage waren nun vergangen. So langsam schwand die Hoffnung. Die Polizei war informiert, hatte jedoch ebenfalls keine Neuigkeiten.

Die Nachbarin kam wild winkend zurück, sie blieb vor dem Fenster stehen, schien ihr irgendetwas sagen zu wollen. Sie verstand nicht, schaute sie fragend an. Sie deutete auf die Zeitung und gab ihr zu verstehen, dass sie an die Tür kommen sollte. War auf dem kurzen Weg etwas passiert? Es wurde „Sturm" geklingelt. Sie stand auf, schlurfte in die Richtung. Die Motivation war ihr in den vergangenen Tagen genommen worden. Mit einem „Ja" und einem fragenden Blick öffnete sie die Tür. Die Frau von gegenüber hielt ihr die aktuelle Zeitung unter die Nase. Der große Artikel auf der Titelseite.

„Wer kennt diese Frau? Person mit wahrscheinlich temporärer Amnesie im Wald aufgefunden worden." Vor Freude, vor Glück brach sie in Tränen aus. Sie lebte. Sie wollte nur noch zu ihr. Zu ihrer großen Liebe.

Siam

Auch der dritte Kaffee hilft nicht wirklich, wach zu werden. Definitiv habe ich viel zu wenig geschlafen, besser gesagt war ich andauernd wach. Wurde durch die ungewohnte Bewegung immer wieder geweckt. Tief und fest zu schlafen war ebenso nicht möglich. Schon die zweite Nacht, in der ich nicht wirklich zur Ruhe kommen konnte. Ich hoffe auf die nächste, denn dann wird das Katzentier wieder nach draußen verbannt.

Am Montagmittag kam der Anruf der Nachbarin.

„Morgen habe ich für beide Katzen den Termin zur Sterilisierung."

„Morgen? So plötzlich?", fragte ich nach. Da es hätte sein können, dass ich mich verhört hatte. Nein, sie wiederholte

„Morgen früh um 09:30 Uhr fahre ich mit beiden Katzen zum Tierarzt."

„Okay, hast du eventuell eine Box für mich? Ich habe keine."

„Ja, kein Problem. Wann bist du zu Hause?"

„Den ganzen Tag." war meine Antwort. Abends, es war draußen schon dunkel, kam sie vorbei, um mir die Box für Siam zu bringen. Da sollte sie rein, die war klein genauer gesagt sehr flach. Aber nun gut, dachte ich, es gibt keine andere Möglichkeit.

Siam, eine Siamkatze, die mir zugelaufen war. Einfachheitshalber gab ich ihr diesen Namen. Von einem auf den anderen Tag war sie da und blieb. Sie blieb. Garantiert ist Siam eine Hauskatze, die wahrscheinlich in einem tollen Haus gewohnt hatte und nun ausgesetzt worden war. Das war Anfang des Sommers. Wollten ihre Besitzer vielleicht in den Urlaub fahren und hatten sie sozusagen über? Sie ist zutraulich und sehr kuschelig. Vom ersten Moment an ließ sie sich anfassen. Will sogar gestreichelt werden, fordert es geradezu ein. Wenn ich zum Müll gehe, ist sie eher wie ein Hund, der folgt, als eine unabhängige Katze. Wenn sie Aufmerksamkeit möchte, stupst sie mich an, ohne ihre Krallen auszufahren, sondern sanft und behutsam. Am Anfang dachte ich kurz, ob sie ihre Krallen vielleicht nicht ausfahren könnte, denn sie benutzte sie gar nicht. Bis dato auch nur am Olivenbaum zum Kratzen. Und in meinem Teppich. Vom ersten Tag an, beziehungsweise vorher, war für mich glasklar, dass ich kein Haustier haben möchte, weder Hund noch Katze oder Vogel, Fische, Schlange, Schwein. Nein, ich wollte und will keine Verantwortung für ein Tier übernehmen. Nach meiner Hündin, die ich vor gut drei Jahren leider einschläfern lassen musste, da sie zwei Tumore im Kopf hatte, hatte ich mich dazu entschlossen. Wenn ich mich vielleicht zu einem anderen Zeitpunkt bewusst für ein Tier entscheide, übernehme ich selbstverständlich auch die volle Verantwortung.

Siam will nie richtig von meiner Seite weichen, folgt mir auf Schritt und Tritt. Mit der Zeit fasste sie immer mehr Vertrauen. Jetzt geht sie jeden Abend mit mir in den Garten, um meine Pflanzen zu gießen. Bei dieser Gelegenheit trinkt sie das frische, kühle Wasser, welches aus dem Gartenschlauch fließt. Legt sich neben mich, wenn ich draußen bin. Am liebsten würde sie natürlich das gesamte Haus erkunden, nicht nur die Küche, in die sie zwischendurch darf. Manchmal schaffte sie das auch, weil sie nur einen Bruchteil einer Sekunde schneller war, als ich und dann meinte, sie habe ihr Ziel erreicht. Sie versucht normalerweise in diesen Momenten auf mein Bett zu springen, was ich bis jetzt noch jedes Mal im letzten Moment vereiteln konnte. Wenn wir zusammen in der Küche sind, setzt sie sich nach kurzer Zeit vor die Tür, schaut an ihr hoch und wartet, ob diese sich nicht vielleicht öffnet. Von selbst, von Geisterhand? Sie hofft vergebens. Über Tag, wenn ich in der Küche zu tun habe, ist die Tür offen, sie kann rein und raus, wie sie möchte. Liegt auf dem Küchenboden oder auf der Stufe, dem Absatz vor der Tür zum Haus. Die Ruhe selbst. Abends besser gesagt nachts werfe ich sie raus. Wie gesagt, ich wollte und will kein Haustier, Katzen finde ich süß. Punkt. Draußen ist das alles in Ordnung, aber in der Wohnung, im Haus, nein danke. Dafür sind sie mir zu unberechenbar. Den gesamten Sommer konnte ich die Eingangstür nicht öffnen, da Siam sofort im Haus war.

Jedes Mal habe ich notgedrungen die Küchentür benutzt, was ebenso eine Außentür ist, damit ich die eigentliche Tür zum Haus verschlossen halten und sie somit nicht hineinhuschen konnte. Wie gerne hätte ich in den Abendstunden einfach mal die Türen geöffnet, um Frischluft hereinzulassen. Es war und ist limitierend.

Zurück zu diesem Montag. Sie sollte also am Dienstagmorgen abgeholt werden, so gegen Mitternacht lockte ich sie in die Küche, was niemals schwierig war, ihr Futter stellte ich in die Box. Siam hatte Hunger, befürchtete nichts Schlimmes und kroch hinein. Als ich die Tür verschließen wollte, fing sie an zu knurren. Ich war in Alarmbereitschaft, falls sie mir entgegenspringen würde. Das Futter war allerdings wichtiger. Geschafft.

„Am besten nehme ich sie mit ins Schlafzimmer, dann ist sie nicht so alleine.", sagte ich leise vor mich hin. Es wurde auch Zeit zum Schlafen. Gesagt, getan. Als ich im Bett lag, bereit mich in die Arme Morpheus zu begeben, fing sie an sich leise zu beschweren. Ich hoffe, dass es sich nach kurzer Zeit legen würde. Falsch gedacht, natürlich nicht. Siam hat unglaublich viel Ausdauer. Ich stand auf, legte eine Decke über die Box, was man mir geraten hatte, falls sie unruhig sei. Das sollte helfen. Jedoch wurde sie lauter anstatt leiser. Eine halbe Stunde wartete ich ab, ob es vielleicht ruhiger würde. Nein, da ich sehr müde war und einfach nur schlafen wollte, holte ich den breiten Stuhl von meinem Schreibtisch und platzierte ihn so vor dem Bett, dass die Box an meine Matratze stieß. So konnte sie mich sehen. Sie wurde wirklich ruhiger, nur umdrehen durfte ich mich nicht. Es schien so, als müsste sie mein Gesicht sehen.

Morgens um 06:00 Uhr war ich wach, nach wenigen Stunden, die ich mehr geruht hatte als wirklich geschlafen. Dienstag, kurz nach 9 klopfte es. Meine Nachbarin. Sie holte Siam ab und brachte sie zum Auto. Ich würde sie heute am späten Abend wiedersehen, da ich einen festen Termin hatte, den ich auf jeden Fall wahrnehmen wollte. Der Tag verging wie im Flug. Auf dem Rückweg schrieb ich eine Nachricht, dass ich in ungefähr 30 Minuten zu Hause sei. Bei der Ankunft erwartete man mich schon, Siam war lautstark zu hören. Die erste Nacht sollte sie im Haus bleiben. Wie würde die Nacht verlaufen? Ich bedankte mich bei meiner Nachbarin, sie fuhr, wir gingen rein, natürlich hätte Siam die Nacht in der Box verbringen können, aber irgendwie tat sie mir sehr leid. Ich ließ sie raus, was sie gleich nutzte, um die einzelnen Zimmer des Hauses zu erkunden. Alle Ecken wurden genauestens inspiziert und schon war sie auf meinem Bett. Na, das konnte eine tolle Nacht werden, dachte ich. Die Müdigkeit saß mir von der vorigen noch tief in den Knochen. Ich benötigte Schlaf, musste unbedingt ein paar Stunden nachholen, oder zumindest in dieser Nacht genügend Schlaf bekommen, damit ich den nächsten Tag schaffte, aber ob das heute möglich sein würde, bezweifelte ich. Unten vor dem Bett richtete ich ihr ein wunderschönes, weiches Bett ein. Dieses zeigte ich ihr. Jedoch sprang sie unbeeindruckt von dem weichen, flauschigen Bettchen in meines. Damit fing das Spielchen an. Katze packen und ihr erneut ihren Platz zeigen. Schnell in mein Bett, zudecken und Ruhe. Das war zu leicht gedacht. Siam blieb natürlich nicht in der Kiste. Mein Bett empfand sie als besser. Das Spielchen ging weiter. Raus aus meinem Bett in die Kiste, schön warm, weich, wohlig, wie man es sich nur wünschen kann. Siam war unbeeindruckt, nahm Anlauf und sprang auf mein Bett. Rauf aufs Bett, runter vom Bett. Das Spiel ging etliche Male hin und her. Sie legte sich an meine Füße, ok, an den Füßen, das ist in Ordnung. Akzeptiert. Morgen wird die Bettwäsche abgezogen, gewaschen und alles ist gut. Vor lauter Müdigkeit schlief ich sofort ein bis....

Etwas stupste an meine Nase, kühl und kalt. Aus dem Schlaf gerissen, öffneten sich meine Augen und schauten direkt in ein Katzengesicht.

„Miau!"

„Nein, runter." Das Spiel begann erneut. Runter, rauf, runter, rauf, Füße, Füße ok, akzeptiert die gleiche Situation gab es noch einige Male in den nächsten Stunden. Sie marschierte wie selbstverständlich über mein Kopfkissen. Zuerst mit ihren Pfoten draußen über die Straße, im Garten und dann auf meinem Kopfkissen. Ich gehe doch auch nicht mit meinen Schuhen auf mein Kopfkissen. Nur diese Nacht, nur diese eine

72

Nacht, auf keinen Fall länger. Was mich generell an Katzen wahnsinnig machte, ist das Kratzen an Möbeln, Wänden und vieles mehr im Haus. Genau das war eine andere Situation, die mich in dieser Nacht aufschrecken ließ. Im Winter habe ich in meinem Schlafzimmer einen zwei mal drei Meter großen Teppich liegen. Damit fühlt es sich wärmer an, als nur die kalten Fliesen unter den Füßen zu haben. Jedoch sind wir am Ende des Sommers und der Teppich befindet sich entlang der Wand liegend aufgerollt. Ein rauer Teppichrücken war die perfekte Einladung für Siam zum Kratzen. Ebenfalls nicht nur einmal in dieser Nacht. Kurz gesagt, Schlaf oder zumindest Erholung war in dieser Nacht wiederum nicht möglich und nun die Schwierigkeiten wach zu werden. Da hilft auch kein Koffein. In der folgenden Nacht wird Ruhe sein und mein Körper wird sich bestimmt erholen können, zumindest hoffe ich das.

SIE und ER

Sie, die Frau mit den langen, fast schwarzen Haaren, der Wimpernverlängerung und den Wangen, welche so aussehen, als wäre sie in einen Farbtopf gefallen, sitzt mit ihm, einem Mann, welcher das genaue Gegenteil von ihr ist, direkt an dem Tisch neben mir im Eiscafé.

Er, der Mann trägt ein dunkelgraues einfaches Hemd, sowie eine Jeans-Hose in dunkelblau. Die Haare liegen so, wie sie gewachsen sind. Nicht ungepflegt, aber auch nichts Besonderes.

Sie, holt aus ihrer großen Handtasche, in der sie wahrscheinlich den halben Hausstand verstaut hat, einen kleinen Spiegel. Und ja, natürlich auch eine Puderdose. Sie öffnet sie und während sie in diesen kleinen Spiegel schaut, pudert sie die vermeintlich glänzenden Flächen in ihrem Gesicht matt ab.

Er, der sein Glas Bier halb leer oder halb voll vor sich stehen hat, es gerade in die Hand nimmt und einen guten Schluck daraus trinkt. Er stellt es mit einem „AH" wieder hin.

Sie, die nach der Puder-Aktion alles wieder in ihrer Handtasche verschwinden lässt, schaut geradezu teilnahmslos in Richtung Meer. Man könnte meinen, sie beobachtet die Menschen, die auf der Strandpromenade spazieren gehen, aber ihre Augen wirken leer, nichtssagend.

Er, der kurz in ihre Richtung blickt, dann diesen jedoch senkt und nach seinem Handy greift, welches direkt vor ihm auf dem Tisch liegt. Ob er ernsthaft auf das Handy schaut oder es nur nimmt, um irgendetwas zu machen, erschließt sich mir nicht. Zumindest geht das Licht des Bildschirms kurz an.

Sie, die sich ihr Kleid im Dekolleté-Bereich zurechtzupft, ihren „Einblick" ein wenig verdeckt und scheint sich ebenfalls den darunterliegenden BH zurechtzurücken. Um ganz sicher zu sein, dass auch alles perfekt sitzt, kommt der kleine Spiegel, welchen sie wiederum aus der Tasche holt, zum Einsatz. Zugleich werden ihre Haare überprüft, alles scheint in Ordnung zu sein.

Er, der mit dem Rücken zum Meer sitzt, schaut unter den Tisch, wahrscheinlich auf seine Füße auf dem Boden, oder vielleicht hat er dort unten etwas gesehen oder er will ihr nicht in die Augen schauen. Wer weiß?

Sie, die wieder alle Dinge in ihrer großen Tasche verstaut, aber scheinbar dabei etwas findet, was sie wohl schon länger gesucht hatte. Das lässt zumindest der eher überraschte Gesichtsausdruck erahnen.

Er, dessen Handy gerade vibriert hat, der es in die Hand nimmt, eine Nachricht liest und sie auch sofort zu beantworten scheint.

Sie, die erneut in Richtung Meer schaut. Man könnte ebenso meinen, sie schaue ihn an. Aber nein, ihr Blick geht genau an ihm vorbei. Was genau sie beobachtet, ist nicht zu definieren.

Er, der auch weiterhin sein Handy, mittlerweile jedoch ohne große Aktion in der Hand hält und scheinbar demonstrativ auch an ihr vorbeischaut. Die Frau am Nebentisch lächelt zu ihm herüber. Dorthin geht also sein interessierter Blick. Ebenfalls auf seinem Gesicht ist ein leichtes Lächeln zu erkennen.

Sie, die nun auch Ihr Handy hochnimmt, welches ebenfalls auf dem Tisch gelegen hatte. Sie hält es sich an ihr Ohr, scheint eine Sprachnachricht abzuhören, die sie vor Kurzem bekommen hatte, denn auch ihr Smartphone vibrierte.

Er, der unvermittelt aufsteht, sich seine Hose richtet und ohne die Lippen zu bewegen, ohne etwas zu ihr zu sagen, geht in Richtung Toilette und verschwindet hinter der Tür.

Sie, die in dieser Zeit der Abwesenheit telefoniert. Zum ersten Mal kann ich, vom Nebentisch aus, ein Lächeln auf ihren Lippen sehen. Ein sehr anregendes Gespräch, von der positiven Sorte.

Er, der zurückkommt, sich ohne ein Wort auf seinen Stuhl setzt und auch sein Handy in die Hand nimmt. Der Bildschirm leuchtet, jedoch scheint er auch jetzt nicht wirklich interessiert an dem zu sein, was er dort vielleicht sieht.

Sie, die aus ihrer Tasche ihr Brillenputzzeug holt, um ihre Brille zu reinigen. Nicht nur mit einem Tuch, sondern sie packt eine Flüssigkeit in einer kleinen Flasche und einige Tücher aus. So wie sie sie sauber macht, hat es etwas Meditatives.

Er, der aus seinem Portemonnaie eine Visitenkarte oder Notiz holt und scheint etwas von diesem Papier in seinem Handy einzuspeichern oder zu suchen.

Sie, die aus einer Tube Handcreme etwas auf ihre rechte Handfläche drückt und sich wiederum meditativ die Hände eincremt. Es strömt, trotzdem wir draußen sitzen, ein feiner Geruch nach Kokosnuss zu mir herüber.

Er, der unter seinen Fingernägeln wohl noch einen Rest Schmutz gefunden hatte und anfängt, ihn zu beseitigen.

Sie, deren Hand in Richtung ihrer leeren Kaffeetasse ging, um wahrscheinlich zu Überprüfen, ob sich noch ein wenig Kaffee in ihr befand.

Er, der sich auf seinem Stuhl zurücklehnte, den Blick nach oben in den blauen Himmel richtete und so verlieb.

Er und sie, sie und er, beide haben sich nichts zu sagen, sondern kommunizieren mit ihren Handlungen, dass sie nicht an dem Anderen, oder an einer Unterhaltung interessiert sind. Die Frage, die sich mir nach gut einer Stunde des gegenseitigen Schweigens stellt. Warum sind sie zusammen, wenn es doch nicht wichtig erscheint?

Christine

Die Bank, direkt über den Klippen, an der Küste von Cornwall. Ein magischer Ort, der es ebenso für Christine in der Vergangenheit war. Hier traf sie sich regelmäßig mit David, ihrer großen Jugendliebe, was er jedoch nicht ahnte, denn sie verlor nie auch nur ein Wort darüber. Eine unglückliche, nicht erfüllte Liebe. Für ihn, war sie wie eine Schwester, aber für sie war er mehr, viel mehr. Sie verbrachten genau hier viele Stunden zusammen, redeten, machten ein Picknick, tanzten und schienen unzertrennbar. Die Eltern beider waren sich sicher, dass sie eines Tages einmal heiraten würden. Doch daraus sollte nichts werden. David verließ nach der Schule den kleinen Ort in diesem idyllischen Landstrich, um die große weite Welt kennenzulernen und in der Millionenstadt zu studieren.

So saß sie da, so oft, schaute auf das Meer und sehnte sich nach ihm, träumte ihn zurück. Schloss die Augen und sah ihn vor sich, wie sie zusammen sangen. Sie wollte ihre Augen nie wieder öffnen, so sehr genoss sie diese Momente.

Der Freund und die heimliche Liebe waren nicht mehr da, von einem auf den anderen Tag weg, ohne einen großen Abschied. Nur die knappen Worte von ihm:

„Christine, ich gehe nach London. Ich studiere dort Medizin, damit ich dann Vaters Praxis hier übernehmen kann. In vier bis fünf Jahren bin ich wieder hier." Er sagte es damals mit so einer Sicherheit, dass auch Christine es glaubte. Natürlich war sie traurig, natürlich wollte sie nicht, dass er geht. Sie konnte ihm nicht sagen, wie sehr sie ihn liebte. Zu diesem Zeitpunkt, da er sich entschieden hatte zu gehen, noch weniger. Sie ließ ihn ziehen. Jeden Tag schrieb sie ihm einen Brief. Sie wollte wissen, wie es ihm in der großen Stadt geht. Und ja, er schrieb am Anfang regelmäßig zurück. Der Postbote kam immer so um die Mittagszeit zu ihrem Haus, das wusste sie genau und jeden Tag lief sie direkt nach der Arbeit zum Postkasten, um zu schauen, ob vielleicht....

„Nein, kein Brief von ihm heute, vielleicht morgen." So vergingen teilweise Wochen, in denen sie die große Sehnsucht nach ihm kaum ertragen konnte. Sie sehnte sich so sehr nach ihm, dass es schwer war die ganzen Emotionen und unerfüllten Erwartungen irgendwie aushalten zu können.

„Ein Brief, ein Brief, von David." An diesen Tagen fühlte sie sich wie die glücklichste Frau auf der ganzen Welt. Sie riss ihn voller Erwartung auf. Wie geht es ihm? Was macht er? Wie weit ist er mit seinem Studium? Kommt er bald zurück? Sie hatte sich vorgenommen, sobald er wieder da wäre, ihm ihre Liebe zu gestehen.

Die Worte, welche sie nun zu lesen bekam, waren andere. Positive ja, aber für ihn. Aus den Zeilen konnte Christine herauslesen, dass er glücklich war. Enthusiastisch schrieb er:

„Meine liebe Christine! Du kannst dir gar nicht vorstellen, was mir passiert ist. Ich habe vor ungefähr 4 Monaten eine Frau kennengelernt und mich sofort in sie verliebt. Sie heißt Norma und wir arbeiten momentan zusammen im Krankenhaus. In 4 Wochen werden wir heiraten und ich möchte, dass du meine Trauzeugin wirst. Anbei sende ich dir ein Bild von uns. Wir heiraten am...."

Christine konnte nicht weiterlesen. Wie betäubt saß sie auf ihrem Bett, das Papier in der Hand. Diese Worte brachen ihr das Herz. So lange hatte sie nun schon auf ihn gewartet, in diesem kleinen Dorf. So oft sie nur eben konnte, suchte sie die Bank auf, den magischen Ort, an dem sie beide so viel miteinander erlebt hatten. Ihren magischen Ort oder doch eher der von Christine? Sie brach in Tränen aus, zerriss den Brief und rannte aus dem Haus. Nein, in diesem Moment dachte sie über nichts nach, ziellos lief sie einfach über die endlosen Wiesen, bis sie wie ferngesteuert an der Bank ankam. Sie blieb stehen, die Tränen rannen ihre Wangen hinunter. Sie wollte nicht mehr. Den Sinn des Lebens gab es nicht mehr. Die Bank mit all ihren wundervollen Erinnerungen hatte sich in einen Ort der Trauer verwandelt. Sie kam nun kaum noch hierher, wollte keinen Schmerz mehr fühlen. Auch fuhr sie nicht zu seiner Hochzeit. Sie meinte, das würde sie garantiert nicht überleben.

Nach ein paar Jahren lernte sie selbst einen attraktiven Mann kennen. Dieser brachte eigentlich alles mit, was man sich wünschen konnte. Die beiden gründeten eine Familie. Zwei bezaubernde Kinder ergänzten sie. Christine schien ebenfalls ihr Glück gefunden zu haben. Von David hörte sie jahrelang nichts. Er soll noch in London wohnen, mit seiner Frau und seiner Tochter. Christine lebte ihr Leben, an dem gleichen Ort, wie immer, doch obwohl sie von David so lange nichts gehört hatte, sie sich nicht gesehen hatten, war die Hoffnung auf die große Liebe nie gestorben.

Die Jahre vergingen, ihre Kinder waren aus dem Haus. Vor einem Jahr starb ihr Mann, zu dem sie ein mehr freundschaftliches Verhältnis hatte. Sie fühlte sich nicht nur allein, sondern einsam, allein gelassen von der ganzen Welt. Und wenn sie sich genauso fühlte, machte sie einen Spaziergang zu ihrer Bank, setzte sich, schaute mit dem leeren Blick in die Weite. An einem Sonntag nach dem Frühstück machte sie sich dorthin auf den Weg. An diesem Tag spürte sie einen großen innerlichen Frieden, eine Zufriedenheit. Sie setzte sich, atmete tief ein und ihr Leben aus.

Leere mit Fülle gefüllt

Eine leichte Brise geht durch das Haus. Die Tür offen, das Fenster ebenso. Noch ein wenig kühl. Es ist Frühling in den andalusischen Bergen. Bald soll es wärmer werden. Der Himmel wechselt oft seine Farben von dem strahlenden Blau, von dem ich geradezu verwöhnt bin, zu weiß grau, bis hin zu dunkelgrau, fast schwarz. Gestern war es so. An einem Tag waren alle Jahreszeiten zu Gast. Ein Tag, an dem ich eigentlich im Garten ganz viel machen wollte, aber durch diese Unbeständigkeit nicht viel geschafft habe, leider. Meine kleinen Setzlinge, die ich mit so viel Liebe aus den Samen gezogen hatte, wollten nun die weite Gartenwelt erkunden, mussten jedoch noch einen Tag warten.

Die Windböen wurden im Laufe des Tages immer stärker, es schien sich zu einem Sturm zu entwickeln. Anstatt im Garten saß ich nun auf meinem Bett, an der Wand, ein dickes Kissen im Rücken. Nachdenklich schaute ich aus dem Fenster ins Tal, dem sogenannten „Arroyo", ein kleiner Fluss, ausgetrocknet, durch die Dürre hier in der Region. Die letzten Tage hatte es zwar geregnet, aber viel zu wenig. Wahrscheinlich müsste es wochenlang regnen, um die Trockenheit auszugleichen. Meine Gedanken wanderten hin und her. Kontrolle war nicht möglich oder gar bei dem Gedanken zu bleiben. Es waren zu viele, als dass man sie strukturieren könnte, oder einige für eine kurze Zeit ausschalten. Sozusagen gedankenverloren verlor ich sie nach und nach alle.

Direkt gegenüber meinem Bett steht der große Fernseher, welchen ich meistens für Musik nutze, was ich auch jetzt tat. Unschlüssig, wie heute bei allem, öffnete ich die Musik-App. Meine Playlist, meine Lieblingslieder. Vielleicht half mir ja das Singen ein wenig aus dieser von Melancholie geprägten Stimmung heraus. Meine persönliche Playlist besteht aus Liedern, die ebenfalls zum Nachdenken anregen. Texte, die Situationen mitten aus dem Leben beinhalteten, von sehr traurig bis aufmunternd, aber teilweise schwer und melancholisch. Ob das in dieser Situation wirklich das Richtige war? Ich versuchte es, aber schon bei dem ersten Lied liefen mir zwei dicke Tränen über die Wangen. Der Grund dafür schien nicht klar zu sein, ich weinte ein paar Krokodilstränen und wechselte schnell den Musikstil. Draußen war es schon so trüb, der Himmel nun dunkelgrau bis schwarz. Es sah alles danach aus, als würde ein großes Gewitter mit viel Regen aufziehen. Bis dato war es nur Wind. Es war noch trocken. Da musste es im Haus doch nicht genauso trüb und trist sein. Cumbia? Vielleicht eine bessere Idee, um ein wenig Schwung in meinen Tag zu bringen. Nächster Versuch. Das erste Lied kannte ich so gut, dass ich mitsingen konnte, nicht alles, aber zumindest die wichtigsten, sich wiederholenden Stellen, den Refrain. Ich schloss meine Augen, rutschte mit dem ganzen Körper in Richtung Bettrand. Ich stand vom Bett auf. Der Rhythmus der Musik machte, dass meine Füße anfingen sich zu bewegen, zuerst zaghaft, dann mehr und ehe ich mich versah, tanzte ich durch den Raum. Natürlich war es kein Cumbia, den ich aufs Parkett brachte, aber der Schwung schoss geradezu in die Hüften. Bei dem Rhythmus kann wohl kaum jemand still stehen bleiben. Tanzen ist gut für Körper, Geist und Seele. Ja, das stimmt. Die vorher eher trübe Stimmung passend zum Wetter draußen änderte sich Stück für Stück, bis sich meine Mundwinkel nach oben bewegten, ein Lächeln zu sehen und zu guter Letzt ein Lachen zu hören war. Was die passende Musik nicht alles auslösen kann. Danke! Ich hatte es geschafft dem Grau des Tag zu trotzen.

Das Café

Sie versuchte durch die abgedunkelten Fenster in das Innere des Hauses zu schauen. Konnte sie etwas erkennen? Konnte sie erkennen, ob es sich dabei um das gesuchte Objekt handelte? Nach dem sie schon so lange gesucht hatte?

Francis hatte ihre eigenen Vorstellungen, wie ihr Café, das Ladenlokal, in dem sie ihr Café eröffnen wollte, auszusehen hatte. Geräumig genug Platz für ein paar Tische, welche man eventuell auch mal zusammenrücken könnte, aber dennoch nicht zu groß, damit eine gemütliche heimelige Atmosphäre entstehen konnte. Eine angemessen lange Theke, auf der sie auch Platz hätte, um etwas zu präsentieren. Jedoch auch nicht zu lang, damit es nicht wie eine gewöhnliche Bar wirkte. Mit der Erlaubnis des Vermieters wäre sie auch dazu bereit, diese Theke, den Tresen zu verändern. Vor ihrem inneren Auge spielte sich sozusagen ein Film ab, indem sie die komplette Inneneinrichtung deutlich sehen konnte, ohne zu diesem Zeitpunkt passende Räumlichkeiten gesehen oder gar gefunden zu haben.

Durch die Fenster, im Innenraum stockdunkel, kann sie leider nicht viel erkennen. Somit entscheidet sie in diesem Moment, dass sie es sich genauer anschauen möchte, denn die Lage ist perfekt. Auf einem kleinen Schild neben der Eingangstür hängt ein kleiner

Zettel, eher unscheinbar, auf dem steht: „Ladenlokal sofort zu vermieten" mit der dazugehörigen Telefonnummer. Kurzerhand ruft Francis bei dieser Nummer an. Es dauert nicht lange und eine Person mit einer tiefen Stimme meldet sich:

„Immobilien El Conde, Guten Tag, Was kann ich für Sie tun?"

„Guten Tag, ich stehe hier vor einer Immobilie, welche Sie zu vermieten scheinen. Dieses Ladenlokal würde ich mir sehr gerne näher anschauen, denn es interessiert mich sehr. Ich bin auf der Suche nach einem Lokal, in dem ich ein kleines, kuscheliges Café eröffnen kann. Ist es dafür geeignet?"

„Können Sie mir bitte sagen, wo genau sie gerade sind?", kam die Frage durchs Telefon, „damit ich Ihnen Ihre Frage auch beantworten kann?"

„In der Rosenstraße. Die Hausnummer ist 32."

„Ah, ja, das Lokal ist bedauerlicherweise nicht für einen Gastronomiebetrieb geeignet. Aber ich hätte da vielleicht für Sie eine Örtlichkeit, die infrage kommen würde. Hätten Sie vielleicht in einer Stunde Zeit, dann könnte ich Ihnen die infrage kommende Immobilie zeigen. Diese ist nur zwei Straßen weiter. Wenn Sie links um die Ecke gehen und dann die 2. wieder links, in der Gartenstraße Nummer 56."

„In einer Stunde, sagten Sie? Ja, das ist kein Problem. Ich kann sie mir in der Zeit schon einmal von außen anschauen." antwortete sie.

Das Telefonat war somit beendet. In einer Stunde also, mal schauen, wo das ist, Gartenstraße 56, hier links und die Zweite wiederum. Francis kam nach der ersten Ecke an einem kleinen Café vorbei, jedoch war es so gar nicht ihr Stil. Das, was sie wollte, war eher eine Wohnzimmeratmosphäre mit hausgemachtem Kuchen. Etwas zum Wohlfühlen. Dieses war modern, mit Fabrikkuchen und an die 100 verschiedenen Kaffeemöglichkeiten. Die Atmosphäre schlicht und kühl.

In Gedanken versunken stand sie schon vor dem richtigen Gebäude in der Gartenstraße. Es scheint eine alte Villa gewesen zu sein, in der wohl eine Kneipe war oder vielleicht ein Restaurant. Der erste Pluspunkt, ein Altbau. Sie war auf das Interieur gespannt.

Da sie noch gut eine Dreiviertelstunde Zeit hatte, lief sie wieder zurück bis zum besagten Café. Was bietet die vermeintliche Konkurrenz denn an? Sie beschloss kurzerhand, dort einen Kaffee zu trinken und den Kuchen zu probieren. Wie sie schon vermutet hatte, war es ein sehr schlicht und modern eingerichtetes Café, welches ihr nicht wirklich zusagte. Die Gäste waren ebenfalls nicht ihre Klientel. Der Kaffee aus dieser überproportionalen Maschine für dieses kleine Café war erstaunlich gut, der Kuchen hingegen, naja...

So analysierend verging die Zeit wie im Flug. Der Termin! Sie bezahlte und lief schnellen Schrittes zum Haus, wo man sie schon erwartete. Zumindest stand ein weißes Auto mit einem Logo „El Conde Immobilien" vor dem Gebäude. Sie klingelte.

Von drinnen hörte sie Geräusche. Eine Person näherte sich der Tür. Die Silhouette war zu erkennen, aber sie passte mehr zu einer Frau. Die Tür wurde geöffnet. Francis sah direkt in das Gesicht, nein in die Augen einer... Ihr stockte der Atem. Sie wollte etwas sagen, aber...sie konnte nicht. Vor ihr stand die wohl hübscheste Frau, die sie jemals gesehen hatte. Francis war paralysiert, von der Haarspitze bis zum kleinen Zeh. Jetzt wusste sie, was es bedeutet:

„Die Liebe auf den ersten Blick zu finden."

Donnerbalken

„Ja, klar, der Donnerbalken ist draußen, direkt links um die Ecke. Das siehst du dann schon.", war die Antwort von dem alten Mann auf meine Frage, ob ich mal kurz auf die Toilette gehen könnte. Ich fragte nochmals nach, ob ich wirklich richtig verstanden hatte:

„Der Donnerbalken?"

„Ja, ja, da hinten links um die Ecke und danach wirf nen bisschen Erde drauf.", er wiederholte sich und verschwand im Eingang seines alten Bauernhauses. Nein, ich hatte mich nicht verhört. Er hatte wirklich Donnerbalken gesagt. Wie lange hatte ich schon nicht mehr dieses Wort gehört, Donnerbalken. Fühlte mich zurückversetzt in meine Kindheit, als mein Opa dieses Wort benutzte, welches er von seinen Eltern hatte. Donnerbalken, irgendwo draußen auf einer Wiese, oder neben dem Haus ein kleines Kabuff, oftmals mit einem Herzen in der Tür, um anzuzeigen, dass es hier „Zeit" wird. Ich wusste nicht mehr, ob ich wirklich auf die Toilette musste, oder nicht doch noch ein wenig aushalten konnte. Ein Donnerbalken war mir nicht geheuer. Die dazugehörige Beschreibung war die eines Plumpsklos oder noch schlimmer, ein Balken aus Holz auf den man sich setzte, sodass nach hinten ....

Meinen Spaziergang zwischen den Feldern musste ich wegen dieses Druckgefühls im Unterleib unterbrechen, denn mich in die Büsche zu schlagen, die Hosen runterzulassen um.... Das ist nicht so meins. Deswegen fragte ich den alten Herrn, der über seinen mit Basaltsteinen gepflasterten Hof schlurfte. Er sah mich nur kurz an, eher nebensächlich. Als er sein Haus betrat, kam seine Antwort, ebenfalls eher nebensächlich.

Meine Blase meldete sich wieder. Es war notwendig diesen sogenannten Donnerbalken aufzusuchen. Ja oder ja. Es gab wohl keine andere Möglichkeit. Auf dem Weg dorthin stellte ich mir den schlimmsten Geruch vor, den ich niemals aushalten würde. Ein ekeliges Plumpsklo, welches ich bis dato nur aus Erzählungen kannte. Hygienisch nicht einwandfrei, sowie keine Kanalisation. Ich hatte Taschentücher im Rucksack, denn auch Toilettenpapier erwartete ich nicht. Jeden Schritt, den ich näherkam, erwartete ich Gestank, aber ich roch nichts.

Wie im letzten Jahrhundert, im letzten Jahrtausend. Angekommen. Ich zweifelte, während meine Blase sich sehr sicher war. Sie stand auf „ENTLEEREN". Ich stand davor. Trotzdem zweifelte ich.

Na gut, ich ging rein, meine Packung Taschentücher fest in der Hand. Es war die reinste Überwindung, überhaupt die Tür zu öffnen. Ich war drin. Überrascht. Ich hatte es mir doch ganz anders vorgestellt. Ja ein Plumpsklo, aber sauber. Es roch kein Stück, also nicht mehr als normal. Die Erde, die jedes

Mal darauf geworfen wurde, funktionierte wie ein Geruchsstopper. Nicht nur ein einfacher Balken, sondern zumindest die Form eines Kastens mit dem Ausschnitt einer Klobrille. Sogar Toilettenpapier. Fast wie eine ganz normale Toilette, nur eben nicht im Haus und ohne die sonst übliche Wasserspülung. Ein Eimer mit der besagten Erde direkt daneben und eine Wasserschale mit klarem Wasser, sowie einer gefüllten Kanne an der anderen Seite. Seife lag da auch. Wie froh ich war, dass sich meine Befürchtungen nicht bestätigten. Mit meinen Taschentüchern versuchte ich zumindest den Rand ein wenig zu säubern, um ein besseres Gefühl zu haben. Obwohl er auf den ersten Blick keine Verschmutzungen aufwies. Allein des Gefühls wegen!

Inzwischen schrie meine Blase geradezu.

Das war eine große Erleichterung!

Gips-Albtraum

Die Nerven zucken, im Fuß kribbelt es. Das Tens-Gerät angeschlossen. Leichter Strom wird durch meinen Fuß geschickt. Physiotherapie. Meine Sehnenplatte unter dem Fuß ist entzündet. Eine sogenannte Plantarfasziitis. Es wird besser. Zumindest scheint es so, obwohl hier bei der Physio die Massage ganz schön schmerzt. Bis dato kannte ich Physio in Deutschland und das mehr als regelmäßig. In den Jahren in Mexiko war es ebenso notwendig, das ein oder andere Mal zur Physio zu gehen. Probleme mit dem Rücken, der Bandscheibenvorfall oder auch als ich mir meinen Knöchel durch eine kleine Dummheit gebrochen hatte. Als erwachsene Frau auf einen Plastikhocker zu steigen, um ein Loch in die Wand zu bohren, war nicht gerade die Demonstration einer durchdachten Aktion. Das Resultat waren ganze 6 Wochen Heilungsprozess eines Knochenbruchs des Wadenbeins, sowie einer Fissur am Schienbein. Unterteilt in einer Gipsschiene, die offensichtlich für den stark geschwollenen Knöchel viel zu eng war und somit Schmerzen verursachte. Einer darauffolgenden Bandage, damit zuerst die Schwellung zurückgehen konnte und zum Schluss ganze 4 Wochen Vollgips bis zum Knie. Eine einzigartige Erfahrung in meinem Leben. Nach dieser Zeit hatte ich natürlich in meinem linken Bein keinerlei Muskeln mehr, was, nachdem der Gips abgenommen worden war, mehr als deutlich zu sehen war. Nur noch Haut und Knochen. Normalerweise hatte ich ja diesen Termin im Krankenhaus. Röntgenüberprüfung dann die Entscheidung, ob alles gut war und der Gips abgenommen werden konnte.

Angekommen im Krankenhaus wurde mir allerdings von einer sehr freundlichen Krankenschwester gesagt, dass der Traumatologe keine Zeit habe, da es kurz zuvor einen Unfall auf der nahe gelegenen Autobahn gab. Er wäre im OP und alle Termine heute müssten gecancelt werden. Aber der Gips sollte doch abgenommen werden. Mit meinem noch begrenzten Spanisch fragte ich nach wann und wie das denn nun geschehen sollte. Die Antwort:

„In einer Woche hat der Arzt wieder eine offene Sprechstunde." In einer Woche? Nein, ich wollte in 2 Tagen auf ein Event, aber doch nicht mit Gips. Ich überlegte, was ich tun könnte.

Meine Nachbarin hatte eine verdammt gute Idee.

„Wir fahren zum Physiotherapeuten, der die Footballmannschaft der Universität betreut, und fragen dort, was wir machen können." Dort angekommen war die erste Frage, ob ich einen Termin hätte. Da meine Nachbarin den Physiotherapeuten kannte, redete sie mit ihm, erklärte ihm die Situation. Wir sollten warten. In einer Kabine. Der Sohn kam. Auch Physiotherapeut, so ganz der Vater, nur in Jung. Er fragte, wie lange ich den Gips schon hätte.

„4 Wochen", war meine Antwort.

„Oh! Dann kann der ab!" Er ging.

Als er zurückkam, traute ich meinen Augen nicht, er hatte in seiner Hand eine große Säge. Ja, richtig verstanden, eine Säge, mit der man normalerweise Äste vom Baum schneidet. Angst. Was hatte er damit vor? Den Gips zersägen? Nein, das war bestimmt nur ein Witz.

„So, dann wollen wir mal sehen, dass wir den Gips abbekommen." Und wog die große Säge in seiner Hand.

„Mit der?", war meine erstaunte Frage. Er nickte. Ich konnte und wollte es nicht glauben, der größte Albtraum, er würde bestimmt in mein Bein sägen, denn der Gips saß doch eng an meiner Haut. Im Zick-zackmuster würde er ihn aufschneiden, informierte er mich. Er begann, setzte dieses Werkzeug an. Ritsch-Ratsch. Jedes Ritsch-Ratsch spürte ich im ganzen Kör-per. Schweißgebadet mit Herzrasen und ein Zittern durchzogen alle Areale meines Körpers. Unendliche Minuten, eine Ewigkeit. Es wollte nicht enden, keine Chance, Ritsch, Ratsch, ein ums andere Mal. Er mach-te Witze:

„Wenn es rot wird, bin ich zu weit, aber erst dann. Bis jetzt sehe ich nichts. Du vielleicht?" Natürlich nicht. Ritsch, Ratsch, mir fuhr es durch Mark und Bein, diese Angst, dass er zu weit sägen könnte, war unglaublich stark. „Bis jetzt habe ich noch niemanden etwas abge-sägt. Okay irgendwann ist immer das erste Mal.", scherzte er weiter, schaute mich mit einem verschmitzten Lächeln an und konzentrierte sich wieder auf den Gips, auf mein Bein, auf die Säge, dessen Vibrationen ich auf meiner Haut spüren konnte und mit jedem Ritsch oder Ratsch dachte:

„Jetzt, jetzt, jetzt ist er durch. Jetzt werde ich es spüren. Jetzt gleich läuft das Blut." Ich denke, ich hätte genauso gut Hochleistungssport machen können, der Kalorienverbrauch sowie das Schwitzen wären sicherlich gleich gewesen. Dazu der Ausstoß des Stresshormons Cortisol, gleichzeitig Adrenalin. Ich habe um mein Leben gebangt, wahrscheinlich grundlos, denn hätte er mit der Säge wirklich meine Haut erwischt, hätte er sofort aufgehört und auf meiner Haut wäre vielleicht eine minimale Verletzung gewesen. Trotzdem Angst, Panik. Irgendwann, für mich nach einer Ewigkeit, war der Gips ab. Er sagte:

„So, nun kannst du wieder ohne die Krücken laufen." Ich schaute ihn in diesem Moment wohl mehr als erstaunt an. Wiederum lächelte er und sagte: „Nein, Scherz. Du sollst nur keine Angst haben zu laufen. Da passiert nichts mehr." Oh, ich verstand, aber loslaufen ohne Krücken war aufgrund der fehlenden Muskulatur und somit der fehlenden Kraft nun wirklich nicht möglich. Also Physiotherapie, Massage, Mikro, Sono, das gesamte Programm halt. Das Event in 2 Tagen war gerettet. Zur Unterstützung mit einer Unterarmgehstütze.

548

548 war das Endergebnis nach einem langen Morgen, der mit sehr viel Aufregung anfing. Am Platz angekommen, gingen die Nerven mit mir durch. Aufregung, Nervosität total. Und damit zitternde Hände, die ich nicht ruhig halten konnte, die Beine, der Puls bei weit über 100. Wie sollte ich den Bogen ruhig halten? Wie? Eine Freundin sagte mir vor ein paar Tagen: „Solltest du nervös sein, kneif die Pobacken zusammen, dann kann dein Körper nicht mehr zittern." Zumindest einen Versuch war es wert, hatte jedoch das Gefühl, dass meine Hände trotzdem stark zitterten.

Meine Kategorie: Anfänger olympischer Bogen, 6 Leute, 3 Männer und 3 Frauen. 2 Männer kannte ich, so wie ihre Leistungen. Sie waren besser als ich, viel besser. Das war mir bewusst. Aber die anderen? Kennen? Vom Sehen ja, viel mehr aber auch nicht. Mit den beiden Frauen hatte ich vor fast einem Jahr den Anfänger-Kurs gemacht, jedoch danach nur noch wenige Male gesehen. Vielleicht waren sie auf dem Platz oder auch in der Halle, wenn ich nicht dort gewesen war.

Die Nervosität stieg, mein Puls war zwischen Gut und Böse. 120, 140 irgendwo in diesem Bereich müsste er gewesen sein. Am frühen Morgen nach dem Aufstehen dachte ich, es wäre eventuell besser eine Tablette gegen zu hohen Blutdruck zu nehmen, weil er durch Nervosität und oder Stress in die Höhe gehen kann. Jetzt im Nachhinein kann ich nicht genau sagen, ob es wirklich gut war, diese zu nehmen. Wenn der Druck in meinem Körper zu niedrig ist, fängt mein Herz wie verrückt an zu schlagen. Mir wird schwindelig und automatisch setzt eine gravierende Müdigkeit und Abgeschlagenheit ein. Genau das, was ich vermeiden wollte. Weder zu niedrigen, noch zu hohen Blutdruck, ausgeglichen, sprich einen stabilen, normalen Druck in meinen Adern.

Der Platz wurde immer voller. Persönlich war ich eine der Ersten, die angekommen war. Somit war genügend Zeit zum Beobachten da, den Bogen in Ruhe zusammenzubauen, vielleicht auch ein wenig ruhiger zu werden. Weit gefehlt. Die Trainerin, die heute als Richterin fungierte, pfiff:

„In 10 Minuten fangen wir mit dem Aufwärmen an." Okay verstanden! Da es mein erster Wettkampf war, wusste ich nicht genau, wie es ablaufen würde. Ich hielt mich bereit, was auch immer passierte. Der Vorteil war, dass ich „Gott sei Dank" nicht die einzige Person auf dem Platz war, für die es der erste Wettbewerb war. So erklärten die Trainer das Prozedere erneut.

„Aufwärmen, dreimal sechs Pfeile zum Warmmachen." Ok verstanden! Mein Bogen war normalerweise ausgerichtet, aber die absolute Feineinstellung fehlte mir noch. Insoweit mein Bogen so eine feine Einstellung überhaupt zuließe. Es ist kein Profibogen, sondern zählt immer noch zu den Anfänger-Bögen. In dieser Kategorie Anfänger bin ich auch gestartet. Schießen auf eine Distanz von 18 Metern auf eine Zielscheibe von 40 Zentimetern im Durchmesser. Die normale, beziehungsweise die olympische Distanz für meinen Bogen wären 70 Meter auf eine Zielscheibe mit einem Durchmesser von 1,22m. Davon kann ich aber nur träumen. Die Kraft meines Bogens erlaubt mir nicht, die 70 Meter zu erreichen. Der Pfeil wird ungefähre 20 Meter vorher zu Boden fallen. Vielleicht zu einem anderen Zeitpunkt mit einem anderen Bogen, anderen Pfeilen, anderem Equipment. Das ist mein anvisiertes Ziel in der Zukunft. Nun erstmal volle Konzentration auf das Jetzt. Die Zukunft zählte in diesem Moment nicht.

Ich stand an der Startlinie, versuchte mich, nur zum Aufwärmen, zu konzentrieren. Das erste Mal, der Bogen vibrierte mehr als normal, da meine Hand, mein Arm zitterte, meine Beine nicht weniger. Aber es war nicht schlecht. Zweite Runde besser, oh, so kann es bitte weitergehen, waren meine spontanen Gedanken. Dritte Runde Aufwärmen noch besser, ja bitte so weiterschießen, aber hielte ich das durch? Vielleicht? Hoffentlich! In diesen 3 Runden wurde mir klar, dass die beiden Frauen, die mit mir auf die gleiche Zielscheibe schossen, nicht gut genug waren. Sollte ich eine Chance haben können. Das beruhigte mich auf der einen Seite. Jedoch hatte ich direkt neben mir einen Mann, der viel besser war als ich, was mir absolut nicht half, ruhiger zu werden. Aber nun gut, es ging los.

Super. Nur 44 von möglichen 60. Toller Anfang (Ironie) Eigentlich hatte ich mir eine 8 im Durchschnitt vorgenommen. 44 war eine Durchschnittssieben. Damit werde ich nicht das reißen können, was ich mir vorgenommen hatte.

„Streng dich an!", sagte ich, wie ein immer wiederkehrendes Mantra zu mir. Ein ums andere Mal.

6 Runden, danach gab es eine Pause. Durchwachsen, nicht besonders gut, nicht schlecht, gute Pfeile dabei, gute Runden, sowie genau das Gegenteil. Was mir ein wenig die Nervosität nahm, mich beruhigte, war, dass die beiden Frauen um einiges schlechter waren als ich. Also vierter Platz auf jeden Fall.

Es gab Frühstück für alle, belegte Brötchen nur mit Kochschinken oder Salami. Für mich machten sie ein Brötchen nur mit Olivenöl, Fleisch ist nicht so meins. Ich würde gerne weitermachen. Wurde ungeduldig. Die Pause zog sich in die Länge. Es wurde immer wärmer. Leute, lasst uns bitte fortfahren. Nochmals 36 Pfeile. Das muss doch nicht in der Mittagshitze sein, oder? Doch als ich mich umschaute, ob vielleicht jemand dabei war, der sich für die zweite Runde fertig machte, sah ich alle gemütlich an den Tischen sitzen. Niemand bewegte sich.

Oh, es geht weiter. Also jetzt konzentrieren, erneut, der zweite Durchgang. Da war sie wieder, diese Nervosität, welche ich in der Pause gut abgelegt hatte. Erste Runde, ja, endlich, jetzt scheint es zu laufen. Eine 5 als erste Zahl, 52 von möglichen 60. Es lief auch ganz gut, doch schon in der dritten Runde ging es runter. Das Resultat war, dass mein Herz bis zum Hals schlug, als wäre ich einen Marathon gelaufen. Ich sollte mich auf mich konzentrieren, nicht auf die anderen. Hierdurch schöpfte ich die Hoffnung, zumindest den dritten Mann, den ich gar nicht kannte, zu überholen. Dann wäre es der dritte Platz. In der Pause war es mir leider auch nicht möglich, sein Resultat zu sehen.

Egal! Egal jetzt! Jetzt und hier, keine Zukunft. Weitermachen. Die Erfahrung ist das, was zählt. Der olympische Gedanke: „Dabei sein ist alles", das Wichtigste. Die letzte Runde stand an, der erste Pfeil glatt in die 10. Bitte lasse es genauso weitergehen. Natürlich der letzte Pfeil raus, komplett raus, vorbei. Jetzt wird zusammengezählt. Endergebnis. 548. Nicht schlecht, aber wirklich gut ist etwas anderes. Die erste Veranstaltung dieser Art, dafür ist es in Ordnung, denke ich zumindest.

Wasser, ich brauche Wasser. Zwischen den einzelnen Runden hatte ich zwar schon einen Liter getrunken, da es aber nun sehr warm geworden war, brauchte ich mehr Wasser. Und auf die Toilette. Anstellen in die Schlange vor der Toilette, gleichzeitig ein wenig zum Essen besorgen. Es gab „Tortilla de patatas". Mein Magen meldete sich und verkündete mir unmissverständlich, dass er Hunger habe. Ich stand in der Schlange und wartete. Ein Pfiff, die Trainerin, heute Kampfrichterin.

„Achtung Siegerehrung. Kommt ihr bitte alle zusammen." Dritter oder vierter Platz? Die Spannung stieg, Hunger und Durst mussten warten. Die Siegerehrung hatte Vorrang vor allem

Zunächst natürlich der Dank an alle, die geholfen haben, an die Gemeinde für die Unterstützung, an die, die mitgemacht haben. Eben das Übliche. Die erste Kategorie, die prämiert wurde, mit der man anfing, war die Gruppe, die gerade erst den Kurs gemacht hatte, die absoluten Anfänger. Danach wir. Die Spannung auf dem Höhepunkt. Dritter Platz, cool, geschafft. Schon ein wenig stolz lief ich nach vorne, stellte mich auf das Podest. Die beiden Männer waren ganz klar besser. War mir von vornherein klar, aber der dritte Platz? Ja, ich war zufrieden. Die weiteren Siegerehrungen schaute ich mir ebenso interessiert an, war neugierig, wer sich dort durchgesetzt hatte. Danke auch von meiner Seite. Es war eine sehr gute Erfahrung. Nächstes Jahr vielleicht wieder. Schauen wir mal!

Überraschung gelungen

Unter den alten, großen Bäumen des Biergartens sitzend, die Kühle des Schattens genießend, steht vor mir nicht ein Bier, sondern eine Maß Wasser. Ich merke, dass die Leute um mich herum sich meine spezielle Maß genauer anschauen. Als die Bedienung kam, bestellte ich ein Wasser: „Bitte keine kleine Flasche Wasser. Ich habe wirklich Durst. Sie dürfen mir gerne eine Maß mit Wasser füllen." Auch die Kellnerin schaute mich ungläubig an. Bier trinke ich nicht, sowie ich ebenso keine Erfrischungsgetränke mag, aber in einem typisch bayrischen Biergarten zu sitzen und kein Bier, keine Maß zu trinken, das kommt schon einem Exoten gleich. Jedoch genieße ich einfach nur das herrliche Spätsommerwetter, in diesem alten Biergarten, welcher laut Eingang nun schon seit mehr als 100 Jahren besteht.

Es inspiriert mich. Ich ziehe den Block aus meinem Rucksack, stilecht dazu meinen Füller, lege beides vor mir auf den Tisch und schließe die Augen. Fließen lassen, meinen Gedanken freien Lauf lassen, tief einatmen, langsam ausatmen. Bei mir ankommen. Als ich die Augen öffne, sitzen am Nebentisch 2 junge Leute, vielleicht ein Pärchen? Die Kellnerin kommt, nimmt deren Bestellung auf, verschwindet wieder von der Bühne. Bühne, ja, die Szenerie, meine momentane

Umgebung ist die schönste Bühne, die ich mir für meine Alltagsgeschichten vorstellen kann.

Wie immer fange ich auch heute einfach anzuschreiben, so ins Blaue hinein, ohne großartig nachzudenken darüber, über was ich eventuell schreiben könnte. Wie gesagt, fließen lassen und meistens ergeben sich die tollsten Geschichten aus der jeweiligen Situation von ganz alleine. Ich schaue mich um, was gibt es hier für Leute? Sind sie interessant? Das eventuelle Pärchen vom Nebentisch vielleicht. Nein, irgendwie nicht. Ein Pärchen, welches nur die Zeit an diesem wundervollen Ort genießt. Die Zweisamkeit.

Weiter hinten rechts sitzen drei Männer und trinken Bier, dazu eine Brezel, auch nicht wirklich interessant. An ihrem Nebentisch dann zwei Frauen im traditionellen Dirndl, die sich, so wie es scheint, über die Männer unterhalten, aber wirklich aufregend ist das ebenso nicht. Die einzelnen Tische sind bestückt mit einfachen Holzstühlen, alles schon ein wenig älter, oder wie man gerne sagt, alles ein wenig rustikal. Es passt hierher, hat Charme, ist rund. Bequem sind diese Stühle allerdings nicht. Mit dem Sitzkissen, welches mir die Kellnerin brachte, nachdem ich sie danach gefragt hatte, geht es einigermaßen. Da wird garantiert nicht so ein starkes Streifenmuster als Druckstelle zurückbleiben.

Ein wirklich und wahrhaftig tolles Ambiente hier, nachmittags, nach dem Essen, vor dem Abendbrot, deswegen wohl relativ ruhig. Ob ich hier wirklich etwas Spannendes finden könnte, ein Thema, eine Situation, über die ich schreiben könnte? Daran glaubte ich schon nicht mehr. Somit legte ich meinen Füller zur Seite, der mit mir schon an so vielen Orten war und abertausende Wörter zu Papier gebracht hatte, der unkaputtbar schien, den ich hütete wie meinen Augapfel.

Ich lehnte mich zurück, atmete tief ein, schloss die Augen und genoss die wärmende Sonne, die mir ins Gesicht schien. Ich hörte Vögel zwitschern und die wenigen Leute im Hintergrund schwatzen, der leichte Wind, die Brise, die sanft über mein Gesicht strich. Genießen, einfach nur die Zeit hier genießen. Sich fallen lassen. Ich muss nicht schreiben, wenn mich die Muse nicht küsst und sollte eventuell, vielleicht etwas....

Jemand tippte auf meine Schulter. Als ich die Augen öffnete, stand neben mir ein ungefähr gleichaltriger Mann.

„Grüß Gott", fing er in seinem typisch bayrischen Dialekt an. „Darf ich mich ein wenig zu Ihnen setzen?", fuhr er äußerst höflich fort. Ich schaute ihn vermutlich ein wenig kritisch an, denn er sagte:

„Keine Angst, ich werde Sie nicht überfallen. Sie sind mir schlichtweg aufgefallen. Dort hinten habe ich an dem Tisch gesessen. Kurz vor Ihnen war ich hier." Ohne eine Antwort von mir abzuwarten, setzte er sich auf den Stuhl gegenüber. „Ich heiße Thomas, aber alle nennen mich Tom. Oh, darf ich „Du" sagen?"

Trotzdem ich mich ein wenig überrumpelt fühlte, nickte ich zustimmend. "Weswegen ich dich anspreche, fragst du dich bestimmt, oder?", wiederum bestand meine kurze Antwort nur aus einem leichten Nicken. In solchen Situationen bin ich von Natur aus eher zurückhaltend, plaudere nicht so gerne mit Jedem.

„Ich habe dich nun schon öfter hier gesehen. Jedes Mal bist du allein hier, hast einen Block dabei und schreibst. Das hat mich so neugierig gemacht, dass ich mir beim letzten Mal vorgenommen hatte, dich endlich anzusprechen. Doch dann warst du auf einmal weg. Jetzt wollte ich die Gunst der Stunde nutzen. Was ich mich die ganze Zeit frage, ist: Was schreibst du? Bist du Schriftstellerin? Schreibst du Briefe, oder Tagebuch?"

So viele Fragen. Ich schreibe, weil ich das Schreiben mag, dachte ich in diesem Moment. Was sollte ich ihm antworten, einem fremden Mann, der sich an meinen Tisch setzt und wissen möchte, was ich schreibe.

„Privates", war die wahrlich kurze Antwort.

„Ok, interessant. Über welche Themen schreibst du?", war die nächste Frage.

Was sollten diese komischen Fragen?

„Dies und das, Alltägliches. Ich mag das Schreiben. Irgendwelche Situationen aus dem Alltag oder aus der Fantasie, den Träumen, viele verschiedene Dinge." Er schaute mich mit großen Augen an:

„Kann ich eventuell mal etwas lesen? Jetzt, so ganz spontan? Ich habe noch nie jemanden gesehen, der sich mit Block und Füller in den Biergarten setzt und einfach schreibt. Gerade heutzutage nicht mehr, wo die Welt so voller elektronischer Medien ist. Das ist eine wahre Rarität. Und genau das hat mich auch so neugierig gemacht."

Ich überlegte angestrengt, sollte ich ihn etwas lesen lassen? Von den Texten, die ich verfasste? Einige hatte ich überarbeitet in der Cloud gespeichert und könnte sie über mein Handy abrufen. Ich gab mir einen Ruck.

„Warte kurz!", ich überlegte, welche Geschichte von den ganzen ich ihm zum Lesen geben könnte. „Das blaue Bild" war die erste, die ich fand. Ich gab ihm mein Handy in die Hand mit den Worten:

„Hier ist ein Beispiel, ein wenig abstrakt vielleicht." Er las sehr aufmerksam, ich beobachtete ihn. Schließlich hatte er mein Handy. Es ist eine relativ kurze Geschichte, eine Kurzgeschichte vom Genre her, welche man in wenigen Minuten lesen konnte. Er gab mir mein Smartphone zurück:

„Wow, eine tolle Geschichte. Hast du vielleicht noch eine andere für mich?" Noch eine?

„Nein, gerade habe ich keine andere, nur diese hier.", was natürlich eine glatte Lüge war, aber ich war nun mal nicht bereit, ihm mein Geschriebenes zum Lesen zu geben. Ich kannte ihn nicht, er mich nicht. Ok, er war neugierig, das sagte er. Jedoch konnte ich ihn nicht wirklich einsortieren. Wer war das, Thomas, ja, genannt Tom, aber mehr wusste ich nicht.

Wo lebst du? Was machst du von Beruf? Diese Fragen lagen mir auf der Zunge, doch ehe ich sie stellen konnte, fiel er mir in meine Gedankengänge:

„Sorry, ich muss los, ich habe gleich einen wichtigen Termin. Ich würde gerne mit dir in Kontakt bleiben." Er schob mir seine Karte zu, verabschiedete sich schnell, drehte sich um und ging. Weg war er. Die Karte lag auf dem Tisch. Ich griff sie und las: Thomas Müller Verlag München immer auf der Suche nach guten, frischen, neuen Autoren.

Primitiv

„Du hast wohl noch nie einen richtigen Mann gehabt, wie?", sagt dieser, von Anfang an sehr komisch auftretende Mann, der meine Freundin in der Disco anspricht. Wir sind auf der Tanzfläche einer bunt gemischten Disco. Bunt gemischt bedeutet: Junge Leute, ältere Personen, Männer, Frauen, homo und hetero gemischt. Alles durcheinander. Nach langer Zeit wollten wir endlich mal wieder tanzen gehen, rausgehen, in der Masse die Zweisamkeit genießen. Meine Freundin ist eine wahrlich attraktive Frau, blonde, lange Haare, schlank bis durchtrainiert und sie kann sich sehr weiblich geben. Heute trägt sie einen Rock, eine Bluse dazu und darüber eine lässige Lederjacke. Schwarz. Weiß. Sie wirft des Öfteren ihre Haare zurück, was mir besonders gut gefällt. Leider nicht nur mir. Offen gesagt wäre ich lieber in eine einschlägige Kneipe oder Disco gegangen, habe mich aber von meiner Süßen überzeugen lassen, heute nicht so weit zu fahren, da wir morgen früh, besser gesagt gleich, schon wieder aufstehen müssen. Die nächste Disco oder Bar für Lesben ist mindestens 50 Kilometer entfernt. Diese Dorfdisco hier ist nicht schlecht, da sie so gemischt ist.

Wir tanzen eng aneinander bei diesem wunderschönen Kuschel-Klassiker. Meine Augen habe ich geschlossen, weil ich die Musik hören und Valeria fühlen möchte. Ganz nah bei mir. Alles drum herum wird einfach nur vergessen. Nur wir Zwei. Alle anderen um uns herum sind nicht wichtig. Ihr Kopf liegt auf meiner linken Schulter, meiner liegt an ihrem. Seit 2 Jahren sind wir nun zusammen. Die Liebe wie am ersten Tag. Ich hatte schon nicht mehr daran geglaubt. Vor 4 Monaten kam dann der große Schritt. Wir sind zusammengezogen, raus aus der Stadt, in ein Dorf. Haben unsere Wohnung gegen ein gemeinsames Haus getauscht. Sogar mit einem eigenen Garten, in dem jetzt Gemüse angebaut wird. Unser kleines Paradies. Sie so im Arm halten zu können, ist für mich das Schönste, was es gibt. Unser wir, unsere Zweisamkeit, zauberhaft. Ja, es besteht eine Magie zwischen uns. Wir arbeiten beide von zu Hause aus, Home-Office. Valeria muss zweimal die Woche ins Büro, die restlichen Tage sind wir beide zu Hause. Ob wir uns gegenseitig auf die Nerven gehen würden, darüber habe ich vor dem Zusammenziehen oft nachgedacht und hatte auch ein wenig Angst davor. Bis jetzt ist es pure Harmonie. Ja, natürlich gibt es zwischendurch eine kleine Meinungsverschiedenheit, aber die ist schnell ausdiskutiert und ein Kompromiss gefunden. So in Gedanken an die ganzen wunderschönen Momente im alltäglichen Leben, vertieft, atme ich tief ein. Es folgt ein tiefer Seufzer.

„Alles in Ordnung, Jasmin?"

„Ah ja, natürlich, warum fragst du?"

„Dein Seufzer!"

„Aber nein, ich habe über uns nachgedacht, wie glücklich ich bin."

„Wir sind!", fällt Sie mir ins Wort? Ja, wir sind glücklich. Ich gebe ihr einen sanften Kuss auf ihre so weichen Lippen. Sie legt ihren Kopf wieder auf meine Schulter, ich drücke sie noch ein wenig näher an mich. Sie ist meine große Liebe, die Liebe meines Lebens, mein Leben. Ich hatte immer gedacht, dass ich keine sogenannte bessere Hälfte bräuchte, dass ich allein doch schon komplett wäre. Ja, und dann kam Valeria. Sie hat auf eine wundervolle Art und Weise mein gesamtes Leben auf den Kopf gestellt. Sie hat mich, wie man sagt, im Sturm erobert. Und ja, ich bin ihr sehr dankbar dafür. Sie war die Beste, die mir passieren konnte. Ich drücke Sie noch ein wenig mehr an mich und gebe ihr noch einen sanften Kuss, den sie liebevoll erwidert. Manchmal denke ich, so etwas habe ich gar nicht verdient, so viel Glück zu haben, so eine wundervolle, hübsche Frau an meiner Seite haben zu dürfen. Es gibt Tage, Stunden, Momente, an denen ich zwischen Traum und Wirklichkeit nicht unterscheiden kann. Meine gesamten Freunde sagen mir immer wieder, wie schön sie es finden, dass wir so glücklich sind. Von Fremden kommt dann auch schon mal die Frage:

„Und du bist der Mann?" Bullshit. Warum muss es denn unbedingt eine männliche Person in einer gleichgeschlechtlichen Beziehung geben? Ja, ich kleide mich männlicher, sehe mit meinen kurzen Haaren auch maskuliner aus, aber das ist reinweg das Erscheinungsbild, mehr nicht. Innerlich würde ich mich mehr als Frau bezeichnen, als so manche äußerlich mehr als feminin wirkenden Frau. Mir tippt jemand auf die Schulter.

„Darf ich bitten?", höre ich eine Männerstimme hinter mir sagen. Ich schaue Valeria tief in die Augen.

„Möchtest du mit dem Mann tanzen?", ist meine Frage, die ich so neutral wie eben möglich formuliere. Sie schüttelt den Kopf, ich drehe meinen Kopf zu dem Mann, der schräg rechts hinter mir steht und sage nur ein einziges Wort:

„Nein!" Er braust auf und schreit. „Die hat wohl noch nie einen richtigen Mann gehabt, wie?" Ohne eine Reaktion abzuwarten, dreht er sich um und geht wutschnaubend von der Tanzfläche. Valeria schaut mich an, ich schaue sie an, erstaunt, was bitte war das? Wir können uns vor Lachen nicht mehr halten. Nehmen uns wieder fest in den Arm und tanzen weiter.

Authentische Pizza

Gedankenverloren auf das Meer schauend, sitze ich in einem kleinen rustikalen Café direkt am Strand. Es ist relativ windig. Eine kühle Brise vom Wasser her, jedoch warm genug für ein Polo-Shirt. Den Moment genießend, höre ich vom Nebentisch her, dass man sich über Italien und Urlaub unterhält. Italien! Die Erinnerungen kommen hoch, bislang war ich erst einmal in dem wunderschönen Land mit dem äußerst leckeren Essen. In Mailand. Mein Traum ist Rom, das schaffe ich bestimmt in Zukunft. Rom, den Vatikan, das historische Zentrum, von dem ich schon so viel gehört und gesehen hatte. Rom, der Dreh- und Angelpunkt Italiens, die Hauptstadt. Irgendwann. Leider wird immer öfter berichtet, dass es ein Hotspot ist. Massentourismus lässt grüßen. Normalerweise nichts für mich. Aufgrund der Hitze wird die beste Reisezeit wohl im Frühjahr und Herbst sein, aber wie zuvor erwähnt, irgendwann. Das eine Mal, als ich in Italien war, ist schon sehr lange her. Mailand 5 Tage reine Entdeckung dieser wunderschönen Stadt. Der Flug damals war sehr preiswert und durch Zufall gab es ein 4-Sterne-Business-Hotel, welches in den Sommerferien kaum belegt war. Klar, Urlaubszeit, mitten in den Sommerferien. Installationen für Kinder gab es gar nicht. Die Zimmer waren hervorragend, das Frühstück gut, aber gewöhnungsbedürftig. Zwar eine gute Auswahl am Buffet, aber nicht gerade das, was ich normalerweise zum Frühstück zu mir nehme. Der Cappuccino der Beste, den ich je getrunken hatte. Als wir am Abend angekommen waren, hatten wir noch einen kleinen Spaziergang durch das Viertel gemacht. Nicht das Beste, aber auch nicht schlecht. Der Müllwagen fuhr an uns vorbei. Die gesammelten Beutel passten nicht mehr in die dafür bereitgestellten Container. Sie holen jeden Abend den Müll ab, jeden Abend, nicht so wie in Deutschland einmal in der Woche. Unterschiedliche Mülltonnen habe ich nicht gesehen. Mülltrennung schien also zu dem Zeitpunkt bisher nicht angekommen zu sein in Italien. Vielleicht ist es mittlerweile anders, wie gesagt, es ist lange her, dass wir in Mailand waren. Da war ich noch jung. Das „Wir" waren damals eine gute Freundin und ich, die spontan aufgrund des so günstigen Fluges beschlossen hatten nach Mailand zu fliegen.

Wir hatten uns ein kleines Restaurant gesucht. Nach dem Flug waren unsere Mägen mehr als leer. Es gab typische italienische Küche, Pizza & Pasta vor allem. Lecker! Der anschließende Verdauungsspaziergang führte uns durch die Straßen und teilweise engen Gassen des Viertels. Mehrfamilienhäuser, die meisten sauber und aufgepasst. Die Autos in Reih und Glied an den Straßenrändern. Nicht umsonst waren die meisten Straßen Einbahnstraßen. Die Natriumdampflampen mit ihrem warmen Licht hüllten alles in ein wohliges Gelb-Orange. Als uns die Müdigkeit einholte, machten wir uns auf den Rückweg zum Hotel.

Es roch nach Pizza. Ich schaute mich um. Woher kam dieser Geruch? Wie ein Hund fing ich an zu schnüffeln. Er kam aus einem unscheinbaren Ladenlokal. Draußen gab es kein Schild, keine Werbung, aber der Geruch war so verführerisch, dass ich sofort noch eine Pizza hätte essen können. Mein Magen war mehr als gefüllt, doch dieser Geruch ließ mir das Wasser im Mund zusammenlaufen. Wir hatten gegessen, sogar sehr gut und reichlich, aber....

Merken für den nächsten Tag. Vielleicht am folgenden Abend eine gute Pizza. Da ich neugierig war, schaute ich hinein. Drinnen war nur eine kleine Theke mit einem Steinofen. An der einen Seite das Feuer, an der anderen Seite die Pizza. Wenn sie so schmeckt, wie sie riecht, kann sie nur fantastisch sein. Der Plan für den nächsten Abend stand. Am Hotel angekommen, fielen wir müde ins Bett. Der Tag war sehr anstrengend.

Nach dem eben schon beschriebenen Frühstück liefen wir ins Zentrum. Großartig, einfach wunderbar. Der Mailänder Dom, mit dem großzügigen Platz, auf dem viele Tauben von Hand gefüttert wurden. Die Arkaden, die Oper, toll. Schon am ersten Tag stand für mich fest, dass Mailand die Reise auf jeden Fall wert war. Die gesamte Zeit, als wir uns die verschiedenen Sehenswürdigkeiten ansahen, dachte ich jedoch an diese kleine Pizzeria. Ein wirkliches Restaurant war es nicht, es gab keine Tische, an die man sich vielleicht hätte setzen können. Ich konnte es kaum erwarten, diese so wohlriechende Pizza zu probieren. Heute Abend, heute Abend dachte ich immer wieder. Bei diesen Gedanken lief mir sofort das Wasser im Mund zusammen, zum Mittag nur etwas Kleines, nur einen Snack. Ein Highlight des Tages war ebenso das Abendmahl von Leonardo da Vinci. Die Schlange, um das berühmte Bild zu sehen, war lang und leider waren es nur Sekunden, die wir benötigten, um an diesem imposanten Bild vorbeizugehen. Der Abend rückte näher, der Hunger wurde größer. Kurz ins Hotel, auf die Toilette, ein wenig frisch machen. Dann aber zur Pizzeria. Als wir um die letzte Ecke bogen, war sie zu. Die Tür verschlossen und auch keine Schlange vor der Tür, wie am Vorabend. Und nun? Nein, den gesamten Tag hatte ich mich so sehr darauf gefreut. Im gleichen Moment kam ein Mann, wahrscheinlich Italiener, vermutete ich. Er sprach uns auf Italienisch an. Heutzutage würde ich ihn wahrscheinlich verstehen, aber damals? Er schloss den Laden auf, merkte gleichzeitig, dass wir nichts verstanden hatten, deshalb versuchte er es mit dem Zeigen. Er tippte auf seine Uhr und sagte:

„One Hour Open"

„Capisco!", so ungefähr, neben den Wörtern Pizza und Pasta, das Einzige, was ich aus der italienischen Sprache wusste.

„Ah ja, in einer Stunde." Wir hatten großen Hunger, unsere Mägen meldeten sich schon vor einer ganzen Weile, aber diese eine Stunde konnten wir noch aushalten. Eine Runde durch das Viertel und dann....

Es war die Zeit des Abendessens in Deutschland, Italien isst später.

Als wir von unserem Spaziergang zurückkamen, erwartete uns eine lange Schlange vor der Pizzeria. Es war geradezu explodiert dort. Nun sollte es nicht nur eine Stunde sein, die wir bereits überbrückt hatten, sondern....? Der Geruch, der aus den Räumlichkeiten kam, half nicht gerade gegen den Hunger, sondern verschlimmerte ihn noch. Jede Person, die vor die Tür der Pizzeria trat, mit einem und mehreren dieser typischen Kartons, hatte ein Lächeln auf den Lippen, wahrscheinlich glücklich, die Pizza endlich in den Händen zu halten. Wahrlich hat sich die Zeit des Wartens gelohnt. Pizza Margherita, die einfachste überhaupt, aber die beste, die ich in meinem ganzen Leben gegessen hatte.

Urlaub mit Hindernissen

Der Wecker klingelt, ich werde wach. Es ist 01:00 Uhr, nein, nicht 01:00 Uhr mittags, sondern nachts. Und nein, es ist nicht normal, dass mein Wecker um diese Zeit anfängt zu klingeln. Heute ist ein besonderer Tag, seit 2 Monaten freue ich mich darauf. Heute geht es endlich in den Urlaub. Den habe ich mir wirklich verdient. Kurz vor Weihnachten habe ich immer ohne Ende Arbeit. Ein Shooting nach dem anderen, kaum Zeit zum Entspannen. Deswegen auch der schon überfällige Urlaub, wenigstens ein paar Tage ausspannen auf Mallorca. Mein Flieger geht um 06:20 Uhr von Bremen aus. Ich will mehr als rechtzeitig losfahren, denn geplant habe ich mein Auto ein wenig weiter entfernt vom Flughafen in ein Parkhaus zu stellen, da es nicht so teuer ist. 2 bis 3 Stunden vorher am Flughafen sein und ungefähr eine Stunde fahren. Deswegen so früh. Der Koffer ist schon gepackt, er steht an der Treppe genauso wie mein Rucksack. Nur Zahnbürste und Zahnpasta fehlen noch, sowie ein wenig Essen, denn ich weiß nicht genau, wann ich wieder etwas bekomme.

Zahnbürste und die letzten Sachen sind drin. Ab zum Auto. Es ist nur ein kleiner Koffer, ein sogenanntes Cabin-Bag und der Rucksack mit meiner Kamera. Das ist ebenso schnell verstaut. Noch einmal alles durchgehen. Habe ich wirklich alles eingepackt? Die

Liste vor den Augen? Ja, habe ich. Schuhe? Alles drin. Noch einmal hochgehen, schauen, ob alles zu und aus ist und los. Ich liege hervorragend in der Zeit. Kofferraumklappe runter, Auto zu. Oben war alles in Ordnung, also los. Auf dem Weg runter suche ich meinen Schlüssel in meiner Tasche, in der er normalerweise immer ist. Kein Schlüssel. Andere Taschen. Kein Schlüssel. Nochmals hoch, schauen, ob er auf dem Tisch liegt. Kein Schlüssel. Vielleicht doch unten am oder im Auto? In Gedanken gehe ich die Treppe runter, raus und ziehe die Tür zu. Die Tür zu? Nein! Wo war mein Schlüssel? Da ich ihn oben nicht finden konnte, muss er logischerweise unten am oder im Auto sein. Der Weg zum Auto im Schnellschritt. Angekommen! Das ist er, mein Schlüssel. Auf der Hutablage im Auto. Mein kompletter Schlüsselbund. Und das Auto zu, verschlossen, rundum. Was kann ich tun? Ich will in den Urlaub, Erholung, ausspannen, etwas anderes sehen, mein Flieger. Ich habe Gott sei Dank noch etwas mehr als 4 Stunden Zeit, bis mein Flugzeug abheben sollte. Der ADAC ist die einzige Möglichkeit. Sie müssen mir mein Auto wie auch immer aufmachen. Irgendwie. Mein Handy steckt zum Glück in meiner Hosentasche. Die Angewohnheit, dass ich es nie im Auto zurücklasse, hat sich jetzt ausgezahlt. Die Nummer des ADAC? Wie war die gleich? Die gelbe Karte steckt in meinem Portemonnaie, die Nummer steht darauf. Im ganzen Unglück habe ich, wie immer, auch wieder Glück gehabt. Bei der Hotline wird mir dann gesagt, dass es circa 30 bis 45 Minuten dauern könnte. Oh, das wird knapp, aber das schaffe ich. Geduld und ruhig bleiben. Nach 45 Minuten ist niemand in Sicht. Und auch kein Telefonanruf von irgendjemandem. Ich muss abermals beim ADAC anrufen. Gesagt, getan. Er ist auf dem Weg. Diese Information konnte die Frau mir geben. Wann er ankommen wird, jedoch nicht. Warten. Meine Nervosität steigt. Ich will zum Flughafen, ich will den Flieger nicht verpassen, ich will in den Urlaub, ich habe es mir verdient, nach der ganzen Arbeit und dem ganzen Stress. Wenigstens ein paar Tage. Im Kopf gehe ich alle möglichen Optionen durch. Was kann ich tun, wie komme ich an meinen Schlüssel? ADAC, die Gelben Engel, vielleicht sollten sie den Turbo einlegen. Das Auto biegt um die Ecke. Nicht zu vergessen, es war Winter und ich warte zu diesem Zeitpunkt schon fast 2 Stunden auf den „Engel". Er hält hinter meinem Auto, steigt aus und fragt, was los sei. Ich zeige ihm die nicht schöne Bescherung, meinen Schlüsselbund auf der Hutablage im verschlossenen Auto.

„Okay ich werde versuchen, das Auto aufzumachen." Ja, das sollte die Lösung sein, ausgezeichnete Lösung. Er holt seine Drähte und Klammern aus dem Auto. Die Klammern benutzt er, um die Tür ein wenig von der Karosserie wegzudrücken, einen kleinen Spalt zu schaffen und dann mit einem gebogenen Draht, an dem sich am Ende eine Art Haken befindet, die Tür zu öffnen. Ein ums andere Mal versucht er so den Türöffner zu betätigen, aber es will nicht funktionieren. Es gibt keine Möglichkeit, mit der sanften Methode ins Auto zu kommen. Die Zeit läuft rückwärts. Tick-tack, tick-tack. Ein Countdown für mich, nur noch wenige Stunden, bis das Flugzeug in Richtung Mallorca abheben sollte. Mit oder auch ohne mich. Jede Minute, besser gesagt jede Sekunde, zählt. Mein wohlverdienter Urlaub hängt an einem seidenen Faden. Diese Tage, die ich so sehr herbeigesehnt habe. Erholung, die Körper und Geist dringend benötigen. Alles auf Messers Schneide. Ich laufe um mein Auto herum. Eine Idee. Ich könnte den Mann vom Automobilclub fragen, ob er vielleicht einen Hammer in seinem Auto habe, was ich sofort umsetze. Er schaut mich fragend an.

„Damit kann ich diese kleine Scheibe hier einschlagen und komme somit an meinen Schlüssel.", ist meine Erklärung. Er holt einen Hammer, der an der einen Seite spitz zuläuft.

„Sie müssen das machen. Ich darf es nicht, da es erst einmal kein Notfall ist, beziehungsweise keine Gefahr für ein Lebewesen besteht."

Ich brauche Mut. Normalerweise ist es so gar nicht meins, etwas vorsätzlich zu zerstören. Der erste Schlag. Nein, ich müsste es mit mehr Kraft versuchen. Beherzter zuschlagen. Im Prinzip streichele ich die Scheibe mehr, als wirklich Gewalt anzuwenden. Nochmals. Nein, noch mehr Wucht in den Schlag. Eine Autoscheibe scheint widerstandsfähiger zu sein, als ich gedacht hatte. Beim dritten Mal zersplittert die kleine, seitliche Scheibe, wie sie es tun sollte, in kleine Stücke, an denen man sich nicht schneiden kann. Autoglas eben. Ich entferne die Reste, greife hinein, hole den geliebten Schlüssel heraus. Endlich. Die Zeit läuft für mich rückwärts. Tick, Tack, Tick, Tack, Sekunde für Sekunde. Welche Papiere gibt es noch zum Unterschreiben. Er hatte in der Zwischenzeit schon alles ausgefüllt, sodass ich es nur noch unterschreiben muss. Fertig, zum Flughafen. Ich könnte es noch schaffen, dafür müsste ich allerdings alle Geschwindigkeitsbegrenzungen übersehen, außer die, wo die 2 Blitzer auf dem Weg zum Flughafen stehen. Schnell, schnell. Normalerweise war es meine Idee gewesen, in einem Parkhaus am Flughafen zu parken, welches ein wenig weiter entfernt ist, denn diese Parkplätze sind viel günstiger. Das ist nun nicht mehr möglich. Geparkt. Das Fenster, das ich eingeschlagen hatte, kurz mit einem gelben Sack, von denen ich durch Zufall eine Rolle im Auto habe und einem Klebeband, welches ich zu Hause noch schnell aus dem Fahrradraum geholt hatte, verklebt. Oftmals ist mein Auto ausgestattet wie eine kleine Werkstatt.

Eine Aktion von vielleicht 2 bis 3 Minuten. Mein Flugzeug sollte in weniger als einer Stunde abheben. Beeilung! Am Ticketschalter, als ich meine Papiere vorlege, sagte die Frau:

„Sie sind aber spät dran." Ja, ich weiß, denke ich. Sie händigt mir die Bordkarte aus. Im Laufschritt fliege ich sozusagen zur Sicherheitskontrolle. Direkt davor sitzt der erste Polizist.

„Wohin fliegen sie?"

„Nach Mallorca?"

„Sie sind aber spät dran." Ja, ich weiß, denke ich.

Da sich in meinem Rucksack, also in meinem Handgepäck, meine Kamera befindet, ist es vorgeschrieben, sie herauszuholen und einzeln in die Kiste zu packen. Wie auch alle anderen Dinge aus meinen Hosentaschen. Geld, Schlüssel, Personalausweis, Bordkarte. Alles, was man halt so in den Hosentaschen hat. Ich laufe durch den Bogen. Nichts piept. Alles in Ordnung. Nachdem mein Rucksack mit der Kamera durch das Röntgengerät gelaufen ist, fragt mich der Polizist:

„Ist das ihre Kamera?", was ich bejahe. Er sagt: „Dann kommen Sie bitte mit. Wir müssen einen Drogentest mit der Kamera machen." Drogentest? Ich laufe hinter ihm her, was anderes bleibt mir leider auch nicht übrig. Es geht in einen separaten Raum, in dem eine große Maschine steht. Der Polizist nimmt die Kamera in die eine Hand und streift mit einem Tuch über sie, sowie über das Objektiv. Das Tuch steckt er in diese Maschine.

„Wir müssen nun einige Minuten warten.". Warten? Einige Minuten?. Diese Minuten habe ich nicht, mein Flieger, es fühlt sich wie eine Ewigkeit an, schrecklich, wo doch jede Sekunde so wertvoll ist.

Endlich! Raus, direkt zum Gate. Natürlich ist alles in Ordnung. Es ist nötig ein, wenn auch ein unfreiwilliges, Jogging einzulegen. Da kommt die Durchsage:

„Die Passagierin in Frau Conde wird zum Gate 49 gebeten." Der letzte Aufruf, der Flug wird geschlossen. Angekommen, aus der Puste, folgt der Kommentar:

„Frau Conde, Sie sind sehr spät, wir haben Sie gerade ausgerufen." Ja, ich weiß, denke ich.

„Entschuldigung" ist das Wort, was aus meinem Mund kommt. Ich laufe die Gangway entlang, ab in das Flugzeug. Empfangen werde ich mit den gleichen Worten:

„Sie sind spät dran." Ja, ich weiß, denke ich. Aber ich bin im Flugzeug. Ich habe es geschafft, woran ich schon nicht mehr geglaubt hatte. Anschnallen und dann könnte es für meinen Geschmack losgehen. Einen großen Seufzer der Erleichterung stoße ich aus. Urlaub, Mallorca, ich komme. Gerade, als ich diesen Gedanken im Kopf habe, kommt eine Durchsage vom Piloten:

„Wir haben Probleme mit einem Höhenmesser, welcher ausgetauscht werden muss. Unser Abflug wird sich somit um ungefähr eine halbe Stunde verzögern. Wir bitten um ihr Verständnis."

Verwirrt

„Llévame a casa, mama", stand eine ältere für mich unbekannte Frau in ihren Hausschuhen vor mir. Sie trug ein rosafarbenes, geblümtes Nachthemd. Natürlich war ich sehr überrascht, denn ich hatte sie zuvor noch nie gesehen und schon gar nicht war ich ihre Mutter. Ich hätte ihre Enkelin sein können.

Mir schossen direkt viele Gedanken durch den Kopf. Was mache ich nun mit dieser Frau, die denkt, ich wäre ihre Mutter? Ich kann sie kaum hier so stehen lassen und einfach meinen Weg fortsetzen. Kann ich vielleicht jemanden anrufen, der mir helfen kann? Vielleicht ist der Notruf ja auch für solche Fälle zuständig? Nehme ich sie mit zum nächsten Restaurant, um dort zu fragen, ob sie vielleicht bekannt ist? Vielleicht war es ja nicht das erste Mal, dass sie hier auf der Strandpromenade einen Spaziergang machte. Es lag nun in meiner Verantwortung. Diese Frau schien an Demenz erkrankt zu sein. Es war klar, dass sie in diesem Moment Hilfe benötigte. Die Frage war nur, welches ist die adäquate Stelle? Zum Glück hatte ich vor einigen Jahren eine Ausbildung zur Demenzbegleiterin gemacht. Zwar hatte ich nie wirklich in diesem Beruf gearbeitet, aber ich hatte somit eine Idee. Was war noch gleich der wichtigste Punkt? Versuche die Person nicht zu korrigieren, sondern sie so zu nehmen, wie sie ist. Stell dich auf die gleiche Stufe. Finde dich in ihre Welt ein. Ich hakte sie unter und wir gingen ein Stück. Dass ich mich ihr annahm, schien sie glücklich zu machen. In dieser Zeit versuchte ich mit ihr ein Gespräch anzufangen, um mehr Informationen über sie zu erhalten, was relativ schwierig war. Ich erfuhr ihren Namen, an den sich demenzkranke Personen auf jeden Fall erinnern. Viel mehr konnte ich ihr nicht entlocken. Sie wollte schlichtweg nach Hause, konnte sich jedoch nicht mehr an den richtigen Weg erinnern.

„Sind wir noch auf dem richtigen Weg nach Hause?", fragte ich sie. Sie schaute mich an, lächelte leicht und nickte. Die gesamte Zeit überlegte ich, wie ich ihr am besten helfen könnte. Eine Entscheidung war nötig. Wir liefen weiter. Dabei zog ich mein Handy aus der Tasche, sagte zu ihr:

„Ich muss kurz telefonieren."

112, definitiv brauchten wir Unterstützung. Es klingelte 2-mal, dann meldete sich eine eher junge, weibliche Stimme auf Spanisch:

„Notrufzentrale, was kann ich für Sie tun?"

„Guten Abend! Ich bin hier in Torrox an der Strandpromenade mit einer älteren, wahrscheinlich an Demenz erkrankten Frau, welche mich angesprochen hat. Sie wirkt sehr verwirrt. Sie möchte, dass ich sie nach Hause bringe. Ebenso glaubt sie, dass ich ihre Mutter bin. Ich bräuchte hier Unterstützung, da diese Frau mir unbekannt ist. Sie ist wohl auf, macht mit mir jetzt gerade einen Spaziergang. Leider kann sie mir keinen Anhaltspunkt geben, wo sie wohnt, sonst würde ich sie gerne persönlich zurückbringen."

„Wo genau befinden Sie sich?", fragte die Stimme. Nachdem ich ihr meinen genauen Standort gegeben hatte, forderte sie mich auf, dort zu bleiben. Sie würde einen Rettungswagen schicken, der sich der Dame annehmen würde.

Wir setzten uns genau gegenüber dem Eiscafé auf eine Bank, schauten auf das Meer, welches ruhig an den Strand schwappte und warteten auf die Sanitäter. Sie hatte wohl gerade einen lichten Moment und erzählte von ihrer Kindheit am Meer.

„Jedes Jahr in den großen Ferien im Sommer waren wir genau hier. Am Strand baute ich Burgen mit meiner großen Schwester. Wir badeten im Meer und suchten ...."

Sie wurde in ihrer Erzählung jäh unterbrochen durch zwei Männer, die auf einmal in ihren unverkennbaren Uniformen neben uns standen. Sie fragten mich:

„Haben Sie uns angerufen?", was ich bejahte. Einer der beiden fragte mich, was genau passiert sei. Ich erklärte ihm kurz die Situation, erwähnte unter anderem, dass sie gerade einen lichten Moment hatte, was ihn nicht wirklich zu interessieren schien.

Der andere redete mit der älteren Frau. Er schien sehr empathisch zu sein. Die Frau brachte ihm Vertrauen entgegen und war damit einverstanden, sich von ihnen nach Hause bringen zu lassen. Als wir am

Rettungswagen ankamen, verabschiedete ich mich von der Frau und wünschte ihr alles Gute. Sie stieg mit dem einfühlsamen Mann hinten ein, bekam sogar den Ehrenplatz, wie der Sanitäter ihn nannte, ließ sich anschnallen und schien sogar ein wenig aufgeregt zu sein. Sie warf mir noch ein letztes Lächeln zu, bevor die Tür zugemacht wurde.

Der Wagen setzte sich in Bewegung. Ich stand da, wünschte ihr gedanklich von Herzen nur das Beste, und obwohl sie es garantiert nicht mehr sehen konnte, winkte ich ihr hinterher.

Was für eine kuriose Situation? Unverhofft kommt oft! Wo bringen sie diese Frau wohl hin? Wer war sie? Das würde ich wahrscheinlich nie erfahren, was mich ein wenig traurig stimmte, denn sie hatte die Neugierde in mir geweckt.

Wie ticken die Nachbarn?

Wir sitzen gemütlich auf der großzügigen Dachterrasse, morgens 09:30 Uhr in Deutschland, Frühstück. Wir genießen die letzten Ferientage. Wir, eine Freundin, die schon mit frischen Bäckerbrötchen hier angekommen war und ich. Meine Kinder, der Kleine wird jetzt eingeschult und der Große kommt in die zweite Klasse, haben schnell gefrühstückt, denn sie wollten nach unten in die Siedlung gehen, spielen mit den Nachbarssöhnen. Mit ihnen verstehen sie sich gut. Unter uns wohnt eine Familie mit drei Jungs.

Vor 2 Wochen sind wir hier in den Norden gezogen. Bis dato sind noch nicht alle Kisten ausgepackt, den Rest wollen wir heute in Angriff nehmen. Wir genießen aber noch ein wenig die Sonne auf der Dachterrasse. Die frischen Sachen, wie Käse und Wurst, sind schon wieder im Kühlschrank, damit sie in der Sonne nicht verderben. Im Prinzip ist es ein Zusammensitzen mit einem netten Plausch. Die Kinder sind unten, sie laufen, rennen durch die Siedlung, rufen, spielen zusammen.

Mein kleiner Sohn kommt hoch, hält etwas in der Hand. Oben an der Spitze. Er kommt zu uns, wir sind immer noch auf der Terrasse, obwohl wir schon längst anfangen wollten.

„Mama, guck mal, das hat mir der kleine Junge geschenkt." Ich schlucke.

„Mein lieber Sohn, das kann dir der Junge nicht schenken. Ich bin mir sicher, dass es seinen Eltern gehört und wenn einem etwas nicht gehört, kann man das auch nicht verschenken.", erkläre ich ihm. In diesem Moment wusste ich nicht, ob ich ernst bleiben sollte, lachen, was ein prustendes Lachen gewesen wäre oder vielleicht weinen. In meinem Körper sind alle Gefühle gleichzeitig aktiv. Das Ding, dieses Ding, die Sache, ich bin mir tausendprozentig sicher, dass es dem Jungen auf keinen Fall gehört. Mein Sohn versteht, was ich ihm erkläre, und bringt es dem kleinen Nachbarsjungen zurück, was wir von oben beobachten. Dieser hat noch so ein Ding, klemmt sich beide unter die Arme und läuft ein paar Runden durch die Siedlung, bevor er in Richtung eines anderen Nachbarhauses rennt. Im gleichen Moment kommt mein Sohn zurück.

„Mama, was war das denn?" Was sollte ich nun sagen???? Die Wahrheit über das Ding? Nein, dafür war mein Sohn noch zu klein. Ihm eine Geschichte erzählen und sich vielleicht in einem Lügenkonstrukt verstricken. Nein, keine gute Idee.

„Ich kann es dir leider nicht sagen, tut mir leid.", ist schlussendlich die Antwort. Gott sei Dank gibt er sich damit zufrieden. Ich sage zu ihm, dass er sich bitte schnell die Finger waschen solle, was er auch macht. Mein kleiner Sohn zweifelt das, was ich ihm sage, nicht an.

„Gemacht, Mama!", kam er wieder zurück.

„Okay danke, dann kannst du nun wieder spielen gehen." Kaum war er weg, war das Lachen nicht mehr aufzuhalten.

Kurze Zeit später hat der kleine dreijährige Junge die beiden Dinge nicht mehr unter seinen Armen. Wo sind sie denn jetzt? Ich schaue in der Siedlung herum, kann jedoch nichts entdecken.

Es dauert nicht lange, da kommt die Nachbarin von gegenüber aus ihrem Haus. Sie läuft geradewegs in Richtung Carport zu ihrem Auto. Vielleicht sei dazu gesagt, dass meine Nachbarn von gegenüber sehr ordentlich und sauber sind. Allerdings nimmt das eher extreme Formen an. Unordnung, ob draußen oder drinnen gibt es nicht. Nie liegt etwas herum, auch kein Spielzeug ihres Sohnes, kein Ball, der mal die Nacht auf dem Rasen verbringen musste. Jedoch war laut Aussagen meines Nachbarn das Fußballspielen auf diesem auch nicht gut für ihn, ein englischer Rasen. Das Auto wird jede Woche gewaschen, die grüne Grasfläche mindestens einmal pro Woche geschnitten. Die, das Grundstück umgebende, Hecke wird präzise mithilfe einer Wasserwaage geschnitten, welche nach nur 2 Metern des Schnittes wieder neu austariert werden muss. Wenn sie vom Supermarkt zurückkommen, scheint sogar der Einkauf im Auto sortiert zu sein.

Hinter, fast neben dem Auto, bleibt sie stehen und schaut auf den Boden. Sieht so aus, als hätte sie ein Gespenst gesehen. Sollte der Nachbarsjunge das Ding oder beide dort verloren haben. Sie dreht ab, kommt auf unser Haus zu, klingelt unten. Das kann man hier oben ausgezeichnet hören, da der Flur unten direkt an den Treppenaufgang zu uns nach oben grenzt. Die Tür geht auf, zu verstehen, was sie sprechen, ist nicht möglich. Aus dem Haus kommt ein laut lachender Vater, geht der Nachbarin hinterher in den Carport, schaut ebenfalls auf den Boden, fängt noch lauter an zu lachen. Er bückt sich zweimal neben dem Auto. Er hebt etwas vom Boden auf. Er lacht, hält sich den Bauch vor lauter Lachen. Also dort hatte der kleine Nachbarsjunge die beiden Dildos liegen gelassen. Nach dieser Aktion weiß ich bereits nach 2 Wochen, die ich dort lebe, wie meine Nachbarn ticken.

UPS

Carmen sitzt auf ihrer Veranda, gemütlich in ihrem Schaukelstuhl. Sie schaut geradeaus, ins Nichts, in die Weite der Steppe direkt vor ihrer Tür. Abseits ist ihre kleine Farm gelegen. Ein paar Hühner, Ziegen und zwei Schweine, dazu ein kleiner Garten mit etwas Gemüse. Eine Selbstversorgerin, zumindest pflanzt sie das Wichtigste an, denn in dieser Gegend ist die Erde eher karg. Von ihren Tieren bekommt sie den Dünger frei Haus.

Für heute ist die Arbeit erledigt. Sie hat nun die Zeit für Entspannung, in ihrem so geliebten Schaukelstuhl. Ein Buch liegt neben ihr auf dem Tisch. In der Hand hält sie die Wochenzeitung. Jeden Tag eine Zeitung gibt es in dieser Gegend nicht. Es passiert einfach nicht genug, um täglich die Seiten einer Zeitung füllen zu können, was teilweise bei der Wochenzeitung schon schwierig ist. Sie schlägt sie auf. Ein paar Neuigkeiten aus der entfernten Stadt und der dünn besiedelten Region, in welcher auch ihre kleine Farm liegt. Das Haus liebevoll gestaltet, gestrichen in einem rostrot. Sie fällt auf, in der sandfarbenen Umgebung. Ein Farbfleck in der Öde. Ihre ganze Aufmerksamkeit bekommt ein großer Artikel auf Seite 2. Der Titel:

„Christopher Street Day nächsten Samstag! Es werden zehntausende Besucher erwartet"

Was bitte war ein Christopher Street Day? Davon hatte sie noch nie gehört, aber es machte sie neugierig. Sie fing an den Artikel aufmerksam zu lesen, langsam, um alles zu verstehen. Sie las etwas von Regenbogenfahnen, und einer Parade, die quer durch die Stadt gehen sollte. Dann etwas von Gays, wobei ihr direkt ein gewisses Gefühl von Ekel durch den Körper schoss. Zwei Männer, die sich küssten? In ihrer Welt gab es so etwas nicht. Es war eine reine Hetero-Welt, oder wie sie meinte, eine normale Welt, denn Gays waren in ihren Augen nicht normal. Auf der anderen Seite machte sie der Artikel auch neugierig, denn sie hatte vorher noch nie von so einer Parade gehört, nicht von Regenbogenfahnen, oder diesen anderen Flaggen, die ebenfalls in dem Artikel erwähnt wurden. „Zehntausende Menschen? Alles Gays?", fragte sie sich im Stillen, während sie sich die Bildercollage zu diesem Beitrag ansah.

Samstag also. Da hatte sie ja nicht viel zu tun. Da könnte sie doch der Neugier wegen einfach mal in die Stadt fahren. Dort war sie schon lange nicht mehr. Sie lebte eher zurückgezogen, mit ihren Tieren zusammen. Die Welt da draußen war ihr oftmals zu anstrengend, zu laut und zu chaotisch. Wenn sie dann aber in der Stadt war, genoss sie es, die anderen Menschen zu sehen, sie zu beobachten, wie sie gehetzt von einem Punkt zum nächsten geradezu rannten, keine Pausen einlegten. Andere in den Cafés, oder draußen auf der Straße, sich unterhaltend, lachend, manchmal auch schreiend. Sie liebte ihr einsames Leben, weit draußen. Die Stadt, so faszinierend sie auch war, stresste sie gleichzeitig. Es stand fest, sie würde am Samstag in die Stadt fahren. Das Kuriose hatte gewonnen.

Samstag! Eine ganze Stunde dauert der Weg in die Stadt über größtenteils unbefestigte Straßen. Sie ist nervös, warum kann sie sich aber selbst nicht erklären, sie will es sich doch nur anschauen, die Parade, diese Demonstration, wie sie sie in dem Artikel nannten. Es gab also keinen Grund dafür. Angekommen, ihr Auto geparkt, macht sie sich auf den Weg zu der Stelle, an der es losgehen soll. Viele Menschen sind dort, in bunten Kostümen, teilweise halb nackt. Für sie war das befremdlich. Muss man sich für eine Demonstration ausziehen? Es geht los. Musik dröhnt von den einzelnen Wagen, Techno, mit viel Rhythmus. Auf den Wagen tanzen die Teilnehmer. Es sind viele Männer, ja, Gays. Aber auch Frauen. Bei einigen muss man genau hinschauen. Wie sie sich geben, sich verhalten, könnten es sowohl Frauen als auch Männer sein. Allein von dem äußerlichen Erscheinungsbild war dieses äußerst schwer einzuschätzen.

Interessiert sieht sie sich alle Wagen an. Ja, es ist etwas Anderes. Stunde um Stunde steht sie staunend am Straßenrand, während die gesamte Demonstration an ihr vorbeizieht. Die Musik wechselt von Gruppe zu Gruppe. Die Leute tragen die Regenbogenfahnen als

Umhang oder Rock. Nicht nur die Gleichberechtigung ist das Thema, sondern von vielen Teilnehmenden werden ebenso Schilder getragen, auf denen „Liebe egal wen" zu lesen ist. Sie mag nicht mehr stehen, sie möchte sich bewegen und beschließt neben der Parade herzulaufen. Es ist der gleiche Weg, wie der zu ihrem Auto. Nach ein paar hundert Metern hört sie aus der Menge heraus eine Stimme rufen:

„Carmen, was machst du denn hier?". Sie zuckt zusammen, dreht sich um und steht direkt vor ihrer ehemaligen Schulfreundin.

„Ich wusste gar nicht, dass du auch...", sie machte eine Pause, „Darf ich dir meine Frau Anett vorstellen?"

Die unbekannte Bekannte

„Sandra, bist du es?", kam es von der Seite. Ich drehte mich um und sah in das Gesicht einer ungefähr gleichaltrigen, schlanken, dunkelhaarigen Frau. Sie hielt ihren Schlüssel in der Hand und hatte die Handtasche über ihre Schulter hängen. -Ja, mein Name war Sandra, aber wer war sie? Müsste ich Sie kennen? Irgendwie kam sie mir schon bekannt vor.

„Ja, ich bin Sandra." Dabei schaute ich sie wohl mit fragenden Augen an.

„Du erkennst mich nicht, richtig?" Was sollte ich antworten? Ja? Nein? Nicht genau? In diesem Moment komme ich nicht drauf?

„Nein, aber wenn du mir vielleicht einen Tipp geben könntest, dann fällt es mir bestimmt wieder ein." Genau das antwortete ich ihr. Ich hatte sozusagen keinen blassen Schimmer, konnte mich absolut nicht erinnern. Nur im Moment, obwohl mir diese Frau so gar nichts sagte. Weder das Gesicht noch ihre Stimme so gar nicht. Ich scannte nochmals ihr Gesicht, versuchte mich krampfhaft zu erinnern, aber nein, mehr als ein paar Fragezeichen sah ich nicht. Versuchte sie ebenfalls in eine bestimmte Gruppe, ein spezielles Event einzusortieren, aber es gelang nicht. Sie wird mir bestimmt einen Tipp geben und dann werde ich mich garantiert erinnern. Garantiert.

„Du erkennst mich nicht, richtig?", fragte sie nun zum zweiten Mal.

„Ähm, hilf mir, dann erinnere ich mich bestimmt." Sie sagte, dass Sie mich auf der Hochzeit von Michaela und Tatjana getroffen hatte. Ich hätte dort als Fotografin gearbeitet.

„Michaela und Tatjana?" Ja, an die Hochzeit erinnere ich mich. Natürlich! In Hamburg. Richtig? Letztes Jahr im Juni und dort warst du?"

„Ja, war ich. Ich war die Trauzeugin." Trauzeugin, mir dämmerte etwas, aber so hundertprozentig nein, dabei ist sie mir garantiert vorgestellt worden. Denk nach, denk nach! Kannst du mir bitte deinen Namen sagen? Ich muss ehrlich gestehen, ich erinnere mich nicht wirklich."

„Kann ich mich zu dir setzen für einen Moment?"

„Ja, natürlich. "

„Arbeitest du noch als Fotografin auf Hochzeiten oder machst du auch andere Fotos?"

„Ich mache alle möglichen Fotos, aber zwischendurch, wie jetzt und hier, schreibe ich kleine Geschichten für Erwachsene, für Kinder, es kommt immer darauf an, was mir gerade durch den Kopf geht.

"Interessant! Über was schreibst du im Moment?"

„Du wirst es mir nicht glauben, aber ich schreibe über eine zufällige Begegnung zweier Personen, die sich lange nicht gesehen haben und sich aus den Augen verloren haben."

„Oh, was für ein Zufall."

Der Kellner kam.

„Was darf ich Ihnen bringen?" fragte er höflich.

„Oh, nur einen Kaffee oder besser einen Espresso?" Er ging wieder.

Sie fragte mich, ob ich in einer Beziehung wäre.

„Nein, bin ich nicht.", war meine spontane, sofortige Antwort. Sie schaute mir in die Augen. Wie war ihr Name? Hatte sie ihn mir gesagt?

„Ich fand es sehr schade, dass wir uns nach der Hochzeit nicht mehr gesehen haben. Ich fand dich nämlich sehr interessant und hätte dich gerne näher kennengelernt." Sie hätte mich gerne näher kennengelernt. Das Brautpaar hatte doch meine Telefonnummer. Eine Frage danach und sie hätte sich bei mir melden können. Noch mitten in diesen Gedanken verbleibend, kam die Auflösung von ihr.

„Michaela hatte deine Nummer, aber sie hat ihr Handy verloren und somit war auch deine Nummer weg. Aber jetzt bist du ja hier. Ich freue mich." Was war das? Ich kannte sie nicht wirklich, hatte aber wohl bei ihr einen bleibenden Eindruck hinterlassen. Sie war auch nicht wirklich mein Typ, obwohl, naja, wenn man meine Ex-Freundinnen sieht von klein bis groß, von schlank bis sehr korpulent, von blond bis schwarz, von …. bis. So unterschiedlich waren sie. Gegen ein Kennenlernen habe ich im Prinzip nichts, was ich ihr auch sagte, gleich mit dem Zusatz, dass ich aber auch nicht auf der Suche wäre nach einer Beziehung.

„Kennenlernen, einfach nur kennenlernen, mehr nicht. Ich empfinde dich als interessant." Eine Frau, die so mit der Tür ins Haus fällt, hatte ich auch noch nie erlebt, was jedoch bedeutete, dass sie wusste, was sie will. Es sprach von einem guten Selbstbewusstsein. Ich ließ den Block offen auf dem Tisch liegen, den Stift obendrauf, so dass ich jede Sekunde weiterschreiben konnte. Wir unterhielten uns über die persönlichen Hobbys, Einstellungen und vieles mehr. Da es nicht mein erster Kaffee war, musste ich nach einiger Zeit auf die Toilette, nur mein Handy nahm ich mit.

„Ich lasse meine Sachen kurz hier.", sagte ich ihr noch schnell, woraufhin sie nickte. Als ich wiederkam, stand sie schon neben dem Tisch.

„Ich muss los, ich hatte gar nicht auf die Uhrzeit geachtet. Mein Enkel wartet bestimmt schon auf mich. Ich bin spät dran. Hier, meine Telefonnummer." Sie nahm den Stift und schrieb sie an den Rand des Blocks.

„Melde dich bitte!", sagte sie. Währenddessen schaute sie mir nochmals tief in die Augen und verschwand so plötzlich, wie sie gekommen war. Ich blieb erstaunt und zugleich verwirrt zurück. Was war das nun? Enkel? Dann hat sie zumindest eine Tochter oder vielleicht einen Sohn. Gedankenverloren schloss ich meinen Block, packte ihn ein, bezahlte die Tassen Kaffee, die wir getrunken hatten und verließ das Café. Eine sehr komische Situation, oder nicht?

Nachwort

Das Schreiben dieses Buches war für mich eine Reise, eine Reise durch Erinnerung, Gedanken und Emotionen. Es gab Momente, in denen die Worte fast von selbst flossen und andere, in denen ich mit jeder Zeile kämpfen musste, um die richtige Form zu finden. Doch in jedem Fall war es der Versuch, das Leben in seiner vollen Komplexität zu erfassen, die Freude, die Zweifel, die unerklärlichen Dinge und die tiefen stillen Momente, die oft übersehen werden.

Mit den Kurzgeschichten und kleinen Erzählungen in diesem Buch habe ich versucht, alltägliche Begebenheiten in ihrer Tiefe und Bedeutung zu zeigen. Manchmal sind es nur kleine Momente, die sich in unser Gedächtnis einbrennen, und es sind genau diese kleinen Geschichten, die das Leben oft so bemerkenswert machen. Es war mir wichtig, diese Momente einzufangen und sie mit euch zu teilen, in der Hoffnung, dass sie auch in euch etwas anregen oder einen Gedanken hinterlassen.

Ich danke euch, dass ihr euch auf diese Reise mit mir eingelassen habt. Ich hoffe, dass diese Geschichten auch euch begleiten und in euch eine kleine Resonanz finden, die vielleicht den Blick auf das eigene Leben verändert oder einen besonderen Moment wieder aufleben lässt.